AF498859

Leopold von Sacher-Masoch

Lola

e-artnow 2018

Franz Kafka
Franz Kafka: Die wichtigsten Erzählungen eines Genies: Das Urteil, Die Verwandlung, Ein Bericht für eine Akademie, In der Strafkolonie, Forschungen eines Hundes

Henrik Ibsen
Henrik Ibsen: Die wichtigsten und berühmtesten Dramen in einem Buch

Theodor Fontane
Grete Minde

Franz Kafka
Der Prozess

Willibald Alexis, Julius Eduard Hitzig
Kriminalgeschichten aller Länder aus älterer und neuerer Zeit: Der neue Pitaval

Leopold von Sacher-Masoch

Lola

Geschichten von Liebe und Tod

e-artnow, 2018
Kontakt: info@e artnow.org

ISBN 978-80-273-1463-8

Inhaltsverzeichnis

Lola

Es giebt einen weiblichen Typus, welcher mich seit meiner Jugend her unaufhörlich in Anspruch genommen hat.

Es ist dies das Weib mit den Sphinxaugen, welches grausam durch die Lust und lüstern durch die Grausamkeit wird.

Das Weib mit dem Tigerkörper, welches von dem Manne angebetet wird, obwohl es ihn quält und erniedrigt; dieses Weib ist immer dasselbe, sei es im biblischen Kleide, wenn es das Lager des Holofernes theilt, sei es unter dem funkelnden Panzer der böhmischen Amazone, die ihren Verführer aufs Rad flechten läßt, oder sei es, daß es, geschmückt mit dem Hermelinpelz der Sultanin, ihre Liebhaber in den Wellen des Bosporus verschwinden läßt.

Als sie mir das erste Mal erschien, dachte ich, sie würde eine sehr angenehme Gefährtin abgeben.

Ihr Vater war höherer Offizier in Lemberg und ein Freund meiner Familie. Wir waren beide noch Kinder, als sie mir den ersten Schrecken verursachte. Es war im Garten, wo wir uns ein kleines grünes Häuschen aus verschlungenen Zweigen erbaut hatten. Sie hatte mich soeben verlassen, um sich einige Schritte weiter auf eine Bank niederzulassen, wo ich sie in tiefe Träumereien versenkt glaubte. Ich näherte mich ihr ganz leise, ohne daß sie meine Annäherung bemerken konnte. Ich wollte sie überfallen, in meine Arme drücken und ihr einen Kuß geben, denn ich war verliebt in sie, das heißt wie eben ein Junge von zehn Jahren in ein kaum zwei Jahre älteres Mädchen verliebt sein kann.

Da sah ich, wie sie einem halbdutzend noch lebender Fliegen die Flügel abriß und deren convulsivische Zuckungen aufmerksam beobachtete.

Sie hatte einen Blick, welcher mich schaudern machte.

Dieser Blick hatte etwas unbeschreibliches.

Es war wie ein wollüstiger Schmerz, eine teuflische Freude und ein lachender Schrecken zugleich.

Wer weiß es denn?

Ich fand diese Handlung abscheulich und dennoch fascinierte mich Lola, ich haßte sie in diesem Augenblick, und zu gleicher Zeit fesselte sie alle meine Sinne.

Ich war immer noch ein Kind, als sie schon eine große und schöne Jungfrau war. Demnach behandelte sie mich stets wie ein Kind. Sie ging so weit, mich zum Mitwisser ihrer kleinen Romane, ihrer Passionen und sogar ihrer Laster zu machen.

Sie liebte Pelzwerk leidenschaftlich und hatte ein fieberhaftes Bedürfnis, zu quälen.

Die Grausamkeit war ihr angeboren, wie bei anderen der Hang zum Putze oder romantischen Abenteuern.

Ich sah sie beinahe nie anders, als mit einer pelzgefütterten, geschmückten Kazabaïka.

Eines Tages, als wir vom Spaziergange zurückgekehrt waren, entledigte sie sich ihres Mantels und zog ihr Korsett aus. Noch einmal – ich war eben weiter nichts als ein Kind, und sie brauchte sich vor mir nicht zu genieren. Sie befahl mir, ihr beim Anziehen ihrer Kazabaïka behilflich zu sein.

Während sie sich mit nackten Armen, welche sie darnach über ihrer herrlichen Büste kreuzte, in den weichen Pelz gleiten ließ, durchlief ein wollüstiger Schauer ihren ganzen Körper. Als ich ihr einen Kuß auf den Nacken drückte, warf sie mir einen unbeschreiblichen Blick zu, einen Blick, den ich sofort wiedererkannte. Es war derselbe, den ich bei ihr einst, als sie die armen Fliegen peinigte, wahrgenommen hatte.

»Wenn ich mit meinem Pelze umhüllt bin, deucht es mir, daß ich eine große Katze wäre« – sagte sie mir eines Tages; – »und eine diabolische Lust ergreift mich, mit einer Maus zu spielen, aber es müßte eine große Maus sein.«

Dabei hatten ihre Augen in der Finsternis einen phosphorescirenden Glanz angenommen und ihre Haare gaben ein elektrisches Knistern von sich, wenn man sie zu streicheln, zu glätten anfing.

Wenn diese feine Taille sich mit seidenweicher Haut umgab, das mollige Pelzzeug ihre Brüste und Hüften liebreichst umkoste, so hatte Lola für mich einen unsagbaren Reiz.

Sie strahlte dann den Geruch eines wilden Thieres, vermengt mit jenem der blutigsten Wollust, aus.

Sie gefiel sich in Situationen, die es ihr ermöglichten, Sklaven zu martern, Männer zu unterjochen und zu peinigen. Nach einer Vorstellung von »Essex« in der Oper sagte sie mir: »Ich würde gerne 10 Jahre meines Lebens hingeben, wenn ich ein Todesurtheil unterschreiben und bei der Exekution anwesend sein könnte.«

Trotzdem war dieses Mädchen weder brutal noch excentrisch. Im Gegentheil, sie war vernünftig, mäßig, und schien so zart und fein organisiert, wie alle sentimentalen Geschöpfe. Da es ihr nicht erlaubt war, in die Kaserne zu gehen, um den körperlichen Züchtigungen der Soldaten, welche zur Bastonnade oder zum Spießruthenlaufen verurtheilt waren, beizuwohnen, wußte sie ein Freundschaftsbündniß mit der Frau eines Hüters, welcher der Präfektur zugetheilt war, zu knüpfen.

Dieser Frau lag es ob, die körperlichen Strafen an Kindern und Frauen zu vollstrecken. Sie erfüllte ihre Aufgabe ohne Mitleid, aber auch ohne Freude, ernst und ruhig, wie die Vollstreckung einer traurigen Pflicht.

Und dennoch stellte sie mehr als die nervöse Lola den Typus eines grausamen Weibes dar.

Sie war ein junges Weib mit mächtigen, derben Formen, entschlossener Miene, frischen Farben, einer herausfordernd stumpfen Nase, einem großen Mund mit vollen Lippen und grauen, kalten Augen.

Halb bürgerlich und halb bäuerisch gekleidet, zog sie meine Aufmerksamkeit stets auf sich, wenn sie in ihrer kurzen Bauernjacke aus Schafhaut, welche ihre breiten Hüften umflatterte, und dem kokett geknüpften rothen Halstuche über den Hof ging.

Oftmals schlich Lola zur Zeit der Exekution in einen Winkel, wo sie sich theilweise verdeckt hielt, um den schönen weiblichen Büttel zu bewundern, der, seine Ruthen schwingend, den linken Arm auf die Hüfte stützte. Sie schien sie um diese grausame Aktion zu beneiden.

Während der Unruhen von 1846 wurden viele Schüler, welche an den Verschwörungen theilgenommen hatten, verhaftet. Unter ihnen befand sich auch ein Gymnasialschüler, der kaum 16 Jahre zählte. Das Gesetz erlaubte nicht, ihn »auf die Festung« zu schicken und er wurde daher zu 30 Ruthenstreichen verurtheilt.

Da tauchte bei Lola der seltsame Gedanke auf, die Vollziehung der Exekution zu übernehmen.

Da sie weder mit Mädchen noch Knaben, welche gestohlen oder sich sonst gemeiner Vergehen schuldig gemacht hatten, etwas zu thun haben wollte, bat sie die Frau des Kerkermeisters inständigst, ihr den jungen Revolutionär zu überlassen.

»Warum nicht!« sagte das junge Weib, »wenn es Ihnen Vergnügen bereitet.«

»Oh! Ja – ein großes Vergnügen!«

»Gut! dieses Vergnügen werden Sie haben; aber mein Mann darf davon nichts wissen, weder er, noch sonst jemand.«

Der junge Schüler, welcher bereits ein männliches Aussehen hatte, wollte sich einer Abstrafung, welche er als schimpflich ansah, nicht unterwerfen. Er begann Widerstand zu leisten, warf sich der Kerkermeisterin zu Füßen, als sie sich in Begleitung zweier kräftiger Zuchthäuslerinnen nahte, um ihm die Hände und Füße zu binden.

»Schlage mich nicht«, bat er mit Thränen in den Augen. »Du würdest mich schimpflichst entehren!«

»Nicht *ich* werde Dich schlagen« sagte das junge Weib, nachdem sie die Assistentinnen wieder fortgeschickt hatte »ein schönes Fräulein, welches mich um diese Gunst lediglich zu seinem Vergnügen gebeten hat, wird es thun!«

Der arme Junge verstand anfänglich nicht, aber als die Kerkermeisterin ihn in ihre Arme geschlossen und über eine Bank gelegt hatte und Lola in ihrer Kazabaïka mit einer Ruthe in der Hand und einer Maske aus schwarzem Sammet über dem Gesichte vor ihm erschien und ihre Aermel hochschürzte, da bat er neuerdings um Gnade – jedoch vergebens.

Lola näherte sich ihm ganz nahe und begann ihn zu peitschen.

Die Kerkermeisterin sah ihr, die Hände auf die Hüften gestützt, zu.

Als die Streiche heftiger wurden und der Unglückliche jämmerlich zu klagen anfing, stieß Lolas Freundin ein helles, brutales Lachen aus.

»Es ist dies das erste Mal, wo ich daran so viel Vergnügen finde« rief sie aus.

Dann, als Lola geendet hatte, wollte die Kerkermeisterin noch einige Hiebe hinzufügen, bei welchen sie ihre ganze Energie entwickelte.

»– Sie sagen, daß Ihnen dies Vergnügen bereitet hat?« meinte Lola; »ich finde, daß dies zu wenig gesagt ist.« »Ich habe, während ich peitschte, ein köstliches Gefühl empfunden und es schien mir, als müßte ich vor Glückseligkeit sterben.«

Die Stadt Graz, an dem schönen Flusse »Mur« gelegen, die ein Witzwort des Königs von Holland, Vater Napoleon des III.: »die Stadt der Grazien an den Ufern der Liebe« (la ville des grâces sur les bords de l'Amour) benannt hat, ist der Zufluchtsort aller pensionirten Offiziere und Functionäre Österreichs. Dort war es, wo sich eines Tages mein Vater und Lolas Papa, der General geworden war, wiederfanden. Hier fand ich auch nach einer großen Zahl von Jahren das schöne und seltsame Mädchen wieder.

Sie war größer und stärker geworden, während ihr Charakter der gleiche geblieben war. Sie trug stets eine pelzverbrämte Kazabaïka bei sich und über ihrer Ottomane war eine Peitsche befestigt.

»Sind Sie noch so grausam, wie früher?« frug ich sie.

»Wollen Sie eine Probe machen?« antwortete sie lachend »so brauchen Sie sich nur von mir hinreißen zu lassen!«

Ich hütete mich wohl und trachtete, ihr nicht allzuoft zu begegnen.

Eines Morgens, im Winter, fuhr sie ganz allein in einem offenen Schlitten vorüber; als sie mich erkannte, ließ sie den Kutscher halten und rief mich. Sie hob ihren Schleier auf. Sie war bleich und ihre Augen hatten ein entsetzliches Feuer.

»Wissen Sie, von wo ich komme?« fragte sie mich.

»Es würde mir schwer sein, es zu errathen.«

»Gut! ich komme von der Hinrichtung des Mörders Baron Jominis, der ich beigewohnt.«

»Lola! Sie scherzen!« rief ich.

»Nein, wirklich, ich war dort; ich fühle noch in meinen gesammten Nerven die mystischen Wonnen dieses Schauspieles.«

Während sie dies sagte, kam ein Schütteln wie bei Frost über sie und sie preßte den großen Pelz enger an sich.

»Und haben Sie nicht ein wenig Mitleid empfunden?«

»Ich habe bloß etwas bedauert.«

»Und dies wäre?«

»Daß ich nicht das Recht habe, ihn zu begnadigen.«

»Nun und hätten Sie ihm Gnade angedeihen lassen?«

»Oh! nein wahrhaftig nicht, aber ich hätte mir gedacht, daß er auf meinen Befehl sterben müsse, und würde eine viel größere Lust gefühlt haben.«

»Lola«, schrie ich – »Sie sind verrückt.«

»Keineswegs, mein Freund; wenn ich sähe, daß meine Passionen mich den Männern verhaßt machen, würde ich sie verbergen; aber ich weiß, daß ich, selbe offen und freimütig kundgebend, die Männer viel mächtiger fessle, als die anderen Frauen mit ihrem sentimentalen Augenaufschlag. Eine Frau, welche den Mann peinigt, wird immer angebetet werden. Der Pelz ist ein Aufregungsmittel hierzu.«

Was den Pelz anbelangt, hatte Lola recht. In diesem Augenblicke erschien sie mir in dem schweren wohligen Mantel, welcher sie umhüllte, wie ein schönes wildes Thier; und unwillkürlich streichelte ich ihren Pelz, als wenn er die warme Haut einer schönen Tigerin gewesen wäre.

Einige Monate später hörte ich, daß Lola an einen Ulanen-Major verheirathet und mit ihrem Gatten nach Ungarn, wo sein Regiment in einige Dörfer und Städtchen vertheilt lag, abgereist war. Das junge Paar bewohnte das Schloß des Fürsten Bathyani, welches der Besitzer ihnen liebreichst zur Benützung überlassen hatte. Es war wieder Winter und Lola langweilte sich zum Sterben. Da sandte ihr das Schicksal ein fatales Spielzeug. Eines Abends hörte Lola im Kreise der Offiziere erzählen, daß ein junger Pole, welcher sich in die Politik gemischt hatte, wie das in Österreich öfters vorzukommen pflegt, als einfacher Soldat in das Regiment ihres Gatten gesteckt worden sei. Sie erbat sich den jungen Mann zur persönlichen Dienstleistung.

»Zu welchem Zweck?« frug sie ihr Gatte. »Wenn es geschieht, sein Schicksal zu erleichtern, so ist es von Dir nichts als eine romantische Laune. Ein Verräther verdient kein Mitleid.«

»Eben deswegen«, sagte Lola ruhig, »ich will ihn selbst für seinen Verrath bestrafen.«

Sie brachte es zu Stande, ihrer Laune Geltung zu verschaffen. Der Pole wurde dem Schlosse auf Befehl Lolas als Diener zugetheilt. Nun langweilte sie sich nicht mehr. Es war für sie ein teuflisches Vergnügen, den jungen Mann, welcher aus guter Familie stammte, zu demüthigen, zu quälen und zu peinigen; und dies alles ließ der Unglückliche über sich ergehen; es schien sogar, als ob er die Qualen, welche seine Herrin an ihm vollzog, mit einer gewissen Bereitwilligkeit auf sich nahm. Lola bemerkte dies. Eines Tages kehrte sie von einem Spazierritte heim. Nachdem sie ihre Kazabaïka angezogen hatte, befahl sie dem jungen Polen, ihr die Stiefel auszuziehen und ihre kleinen Seidenpantoffeln anzulegen. Indem er dieser angenehmen Pflicht kniend nachkam, konnte der Unglückliche der Versuchung nicht widerstehen, den eleganten kleinen Fuß seiner Herrin an seine Lippen zu drücken. Sie aber stieß ihn heftig zurück, ließ ihn in den Hof bringen und sah mit dem Ausdrucke einer grausamen Freude von ihrem Fenster aus der Bastonnade zu, die er auf ihren Befehl aufgemessen bekam.

Von diesem Augenblicke an war das Schicksal dieser zwei Geschöpfe entschieden. Einige Tage später verließ der Major seine Gattin, um eine kleine Inspektionsreise vorzunehmen.

Als er zurückkehrte, fand er die Thüre des Schlafzimmers geschlossen. Nach Sprengung der Thüre gewahrte er den Polen in Lolas Armen. Beide aber waren tot.

Einige Zeilen von der Hand des unglückseligen jungen Mannes gaben die nöthige Aufklärung. Er hatte Lola geliebt und ihr, um sich für die grausame Behandlung zu rächen, erst Gewalt angethan, sie dann ermordet und sich getötet.

So endete dieses grausame Weib. Seitdem habe ich oftmals Frauen dieses Typus wiedergesehen, denn die östlichen Gegenden sind die eigentlichen Geburtsstätten dieser schönen Tigerinnen in Sammet und Pelz, und ich habe immer mehr und mehr das mystische und erschreckliche Problem der wollüstigen Grausamkeit verstehen gelernt.

Die meisten Characterzüge dieses grausamen Typus, mit dem Zauber, welchen sie auf den Mann ausüben, scheinen mir nichts anderes zu sein, als die Kundgebungen von Atavismus. Die Natur hat, ihre Wesen erschaffend, ihnen die Erinnerungen der primitivsten Zeiten zurückgelassen. Überall in der Natur vertheidigt sich das Weibchen zuerst gegen die Liebkosungen des Mannes. Ohne Zweifel war der Mensch seit langem denselben Naturgesetzen unterworfen.

Jeder Eroberung war demnach ein Ringen vorangegangen. Deswegen wohl wird das Weib noch heute instinktmäßig dazu getrieben, den Mann zu quälen. Und deswegen auch rufen diese schlechten Behandlungen des Mannes von seiten des Weibes bei ersterem die Illusion der Weiblichkeit hervor.

Und so ist es jedes Mal. Der Pelz erinnert auch an die Vorzeiten, wo die Menschen zottig waren, und ruft die Empfindung einer wilden, bestialischen Kraft hervor, welche den schwachen modernen Mann völlig berauscht.

Die Verwandtschaft zwischen Grausamkeit und Wollust ist daher wohl ein atavistischer Zug. Die Bienen töten ihre Männchen nach der Begattung. Ebenso erzählt uns die Legende, daß

die scythischen Amazonen die Männer wie Sklaven behandelten und sie nach dem Beischlafe
töteten.

Ein anderes Beispiel. Es giebt Thiere, welche krepieren, indem sie sich vermehren. Ebenso
berühren sich beim Menschen im Augenblicke des Liebesdeliriums die zwei Pole – der Tod
und das Leben.

Wie oft stammeln die Liebenden in der Verzückung ihres Glückes: »Jetzt sterben!« Nichts
erscheint bei Liebenden natürlicher und leichter, als Selbstmord.

Es ist wohl dieselbe Reminiscenz, welche bewirkte, daß in den Mysterien des Eleusis im Augenblicke der Geburt eines neuen Lebens sich die tolle Lust zeigte, zu quälen, zu verstümmeln,
zu töten, gepeinigt und getötet zu werden.

Darum auch ist der Soldat, welcher jederzeit bereit ist, den Tod zu empfangen und ihn zu
geben, der Günstling der Frauen.

Wjera Baranoff

Der Pfarrer Anastasius Dimitrowitsch Baranoff hatte elf Kinder, darunter sechs Mädchen, von denen Wjera die älteste war. Er hatte sich vorgenommen, im Geiste der Zeit seinen Töchtern eine wissenschaftliche Ausbildung zu geben und beschäftigte sich in der That viel mit Wjera, die er in allem Erdenklichen unterrichtete, etwas weniger schon mit ihrer zweiten Schwester Nadeschda, ein wenig mit Lubow, der dritten. Dann machte er Halt. Es wurden der kleinen Geschöpfe, die mit langen Zöpfen herumliefen, zu viele.

So wuchsen denn die übrigen Mädchen auf wie alle Landmädchen und zogen bald auch Nadeschda und Lubow in ihren Kreis; nur Wjera blieb außerhalb desselben stehen. Sie hatte schon zuviel von jenen Früchten gekostet, welche den Frauen verboten waren und zum Theil noch sind.

Wjera überholte bald ihren eigenen Vater. Sie hatte verschiedene alte und neuere Sprachen erlernt, so weit, daß sie die in denselben verfaßten Bücher verstand, und verschlang nun alles, was ihr unter die Hände fiel, wissenschaftliche Werke aller Art, Romane, Zeitschriften und Broschüren.

Sie war ein hübsches Mädchen, umso hübscher, als sich ein reges geistiges Leben in ihrem runden, frischen Gesicht malte und sie immerhin soviel weibliche Eitelkeit behalten hatte, sich nicht in ihrer Kleidung zu vernachlässigen. Ihre mittelgroße schlanke Gestalt, ihre raschen Bewegungen stimmten sehr gut zu den hellen ausdrucksvollen Augen und der kleinen Adlernase, welche ebensowohl auf großen Eigenwillen wie auf eine erregbare, jeder Energie und sogar des Enthusiasmus fähige Natur hindeutete.

Eines Tages erklärte sie ihren Eltern, daß sie Medizin studieren wollte. Die Mutter erschrak so sehr, daß sie sich niedersetzen mußte, der Vater seufzte auf. Beide wußten, daß Wjera nicht zu halten war, und so machte niemand einen Versuch, sie davon abzubringen. Sie packte ihre wenigen Habseligkeiten, fuhr zur nächsten Station, von dort nach Kiew, und hier begann sie mit jenem hartnäckigen Eifer, welcher eine besondere Gabe der russischen Rasse zu sein scheint, ihre Studien. Es waren noch andere Mädchen da, welche dasselbe Ziel verfolgten; alle zeigten denselben Ernst, aber Wjera überholte sie alle und errang sich rasch die Achtung der Professoren und Studenten.

Unter den letzteren nahm Sergius Nestorowitsch Krubin eine hervorragende Stellung ein. Er stand schon am Ende seiner Studien, wurde von dem Professor der Physiologie als eine Art Gehülfe behandelt und hatte bereits verschiedene interessante Beobachtungen gemacht und in medizinischen Zeitschriften veröffentlicht.

Er war, was die Studenten damals unter sich einen Pionier nannten. Und dieser überlegene, arbeitsame, nüchterne Mensch interessirte sich plötzlich für Wjera.

Es war wie ein Wunder, aber man mußte dran glauben. Er bemühte sich um sie, trug ihr die Kollegienmappe, bediente sie in jeder Weise und besuchte sie sogar, er, der Einladungen in den reichsten und angesehensten Familien abgelehnt hatte.

War er in Wjera verliebt? Machte er ihr den Hof? Nicht im mindesten. Was gab es also zwischen den Beiden? Denn auch sie zeichnete ihn aus. Nur ihm gab sie die Hand, und nur er konnte sich rühmen, von ihr zuweilen ein Lächeln erhascht zu haben.

Nur einmal erlaubte er sich eine Andeutung, da unterbrach ihn Wjera lächelnd: »Sergius Nestorowitsch, wollen Sie mich zum Besten haben, oder sich selbst? Ich denke, Ihre Braut ist die Wissenschaft, und was mich betrifft, so brauche ich Freiheit, um zu gedeihen. Nein, nein, kein Joch für mich und keines für Sie.«

Krubin zuckte die Achseln und lächelte. Zwei Jahre später fand er Wjera auf dem Lande, wo ihn eine Laune hingeführt hatte, als Krankenpflegerin. Sie verstand so viel von der Medizin als irgend ein Landarzt, ja mehr, da man ihr aber nicht gestattete, ihre Kenntnisse selbstständig zu verwerthen, so machte sich das tapfere Mädchen zur Gehülfin der Ärzte und war denselben bald unentbehrlich. Krubin zog sie häufig zu Rathe, und wenn sie an einem Krankenbett Wache hielt, pflegte er zu sagen: »Es ist ebenso gut, als wenn ich selbst da wäre, ja besser, denn sie hat eine weichere Hand.«

Und wieder einmal streckte er die seine verlangend nach diesem Sammethändchen aus, doch Wjera war und blieb die Alte. Sie lachte nur. »Aber, Sergius Nestorowitsch, was fällt Ihnen ein?« oder: »Mein Freund, ich hielt Sie für einen ernsthaften Mann«, oder endlich, und dies war das Schmerzlichste: »Herr Doktor, Sie irren sich, ich befinde mich, Gottlob, ganz wohl, Sie haben es gar nicht nöthig, mir den Puls zu fühlen.«

Krubin aber ließ seufzend die kleine, weiche Hand los und sprach von einem neuen Verband, oder einem frisch entdeckten Medikament.

Nochmals getrennt, fanden sie sich eines Tages in einer Ambulanz vor Plewna wieder.

Der Krieg gegen die Türken hatte in ganz Rußland eine fieberhafte Aufregung hervorgerufen, kein flüchtiges Aufflammen, eine starke, nachhaltige, eigensinnige Begeisterung, welche, einem unterirdischen Feuer vergleichbar, keinen Lärm macht, aber nicht so leicht erlischt. Auch Krubin, der Skeptiker, und Wjera, die Schöne mit dem Herzen aus Eis, waren von diesem heiligen Feuer ergriffen worden. Er hatte sich zur ärztlichen Dienstleistung gemeldet, sie war als Krankenpflegerin mitgezogen, und nun blickten sie sich plötzlich an dem Strohlager eines verwundeten Kanoniers in die Augen.

»Sie, Wjeruschka?«

»Sergius Nestorowitsch, das ist schön von Ihnen.«

»Was soll ich denn von Ihnen sagen, Wjera?«

Aber da gab es keine Zeit zu Komplimenten. Die furchtbaren Kämpfe hatten Tausende und wieder Tausende Verwundeter, Hülfsbedürftiger in den Lazarethen zusammengehäuft und das Elend war unbeschreiblich. Mit vieler Mühe nur gewann Krubin in der Nacht einen Augenblick, wo er den Ärmel von Wjera's Pelz zurückschieben und sie auf den Arm küssen konnte, denn ihre Hände waren voll Blut.

»Noch immer der Alte«, sprach sie lächelnd.

»Immer und ewig«, erwiderte Krubin, »so lange Sie so schön sein werden, Wjeruschka.«

»Sinnestäuschung, mein Freund«, damit entschlüpfte sie ihm wieder.

Zwei Tage später fand der denkwürdige heroische Sturm der Russen auf Goreji-Dubnik statt.

Krubin kommandirte eine Ambulanzkolonne und Wjera hatte sich ihm angeschlossen. Mitten auf dem Schlachtfelde thaten beide ihre Pflicht und mehr als das mit Ruhe, Umsicht und Aufopferung. Wiederholt schloß sich Wjera den Trägern an und brachte, unbeirrt durch die ringsum pfeifenden türkischen Kugeln, selbst Verwundete vom blutüberströmten Felde auf den Verbandplatz.

Um fünf Uhr Nachmittags bildeten sich die Sturmkolonnen. Die Soldaten waren alle von jener kalten, thatkräftigen Begeisterung erfüllt, welche so echt russisch ist. Wie auf dem Exerzierplatz gingen sie in das Feuer, erstiegen die Höhe und verschwanden hinter dem grauen Vorhang, der die feindliche Redoute umgab.

In diesem Augenblick pochte jedes Herz lebhafter, die in der Reserve stehenden Truppen nahmen die Mützen ab und bekreuzten sich.

Eine bange Pause, in der man nur den Donner der Geschütze und das Geknatter des Schnellfeuers hörte, dann ein Hurrah, und dann wußte man, daß das Bajonett zu arbeiten begann.

Als es dunkel wurde, war die Redoute gewonnen. Ein Pascha und 1600 Mann streckten die Waffen, vier Kanonen waren erobert, viertausend Russen und fast ebenso viel Türken deckten die Wahlstatt.

Die Nacht brach an. Die brennenden Häuser von Goreji-Dubnik beleuchteten weithin die Hügel und die Biwaks der russischen Soldaten. Ringsum tönten wie in einem friedlichen russischen Dörfchen die schönen melancholischen Weisen der Heimath. Wjera hörte sie, als sie einen Augenblick aus der Scheune trat, in der sie bis jetzt den armen Verwundeten Hilfe geleistet hatte. Sie ließ sich auf einen verlassenen Pflug nieder und blickte zu den Sternen empor. Es war ihr mit einem Male so gut, so weich, so seltsam zu Muth. Sie erwartete irgend etwas, ein großes, freudiges Ereigniß.

Da sagte ein Dragoner, der den Kopf verbunden hatte, leise zu ihr: »Mütterchen, erbarme Dich, da drinnen liegt mein Leutnant, rette ihn!«

Wjera stand auf. »Wo?«

»Dort, gerade gegenüber.«

Sie ging über die Straße und traf auf Krubin.

»Wohin?«

»In jene Hütte dort.«

»Was wollen Sie? Da liegen nur Todte oder solche, die es bald sein werden.«

Wjera machte eine ungeduldige Bewegung mit dem Kopf und ging an Krubin vorüber in die Hütte.

In einer großen niedrigen Stube lagen auf Stroh gebettet zehn oder zwölf Soldaten. Keiner regte sich, man hörte weder ein Röcheln, noch einen Seufzer. Hier schien in der That die Stille des Todes zu herrschen. Wjera zögerte einen Augenblick, dann nahm sie das Lämpchen, beleuchtete die im Schatten liegenden Winkel und blickte umher.

Der Thür gegenüber lag ein junger Offizier, ein Kind fast, mit einem rührend unschuldigen und schönen Gesicht. Auch er schien den Traum des Lebens, der Vaterlandsliebe, des Ruhmes ausgeträumt zu haben. Wjera näherte sich ihm und blieb dann über ihn gebeugt stehen. Was war es, was sie bei dem Anblick dieses jungen Mannes so tief bewegte? Dachte sie an seine Mutter, an das Elend des Krieges, das solche edle Opfer fordert?

Da schlug der Offizier die Augen auf, zwei große blaue, geisterhafte Augen, und sah sie an.

»Wer bist Du?« fragte er mit leiser Stimme.

»Eine Krankenpflegerin.«

»Wie nennst Du Dich?«

»Wjera.«

Er sah sie wieder an und lächelte endlich. »Ich habe Dich für einen Engel gehalten«, murmelte er, »es war ein schöner Traum.«

»Kann ich Ihnen helfen?« fragte Wjera, »sind Sie bereits verbunden?«

Er nickte. »Mir ist nicht zu helfen«, sagte er, »der Arzt hat es selbst gesagt, er muß es wissen. Wenn Sie aber ein paar Worte schreiben wollen – nach Haus...«

»Ihrer Mutter?«

»Ja.«

Wjera verließ den Verwundeten, suchte ihren kleinen Koffer, nahm Papier und Bleistift, sowie ein Couvert und kehrte zu dem jungen Offizier zurück. Auf ihren Knien, beim Scheine des Lämpchens schrieb sie, was er ihr diktirte, und dann setzte er mit bebender Hand seinen Namen darunter. Leon Kirilowitsch Melinoff.

Nachdem Wjera den Brief an ihrer Brust geborgen, blieb sie neben ihm auf ihren Knien, und beide sahen sich an. Plötzlich faßte sie mit einer heftigen Bewegung seine beiden Hände und rief: »Nein, Sie werden nicht sterben, Sie dürfen nicht sterben!«

»Doch – doch, Wjera«, erwiderte Leon Melinoff, »ich fühle es – der Tod ist nahe...«

»Es ist das Fieber.«

»Nein, ich sterbe«, fuhr er fort, »es war so bestimmt, so sei es denn. Daß ich so jung bin – daß ich so früh scheiden muß – auch das hat nicht viel zu bedeuten. – Aber – etwas verlieren – was man kaum gekannt – was uns so viel Schönes verhieß.«

»Wie meinen Sie das?«

»Sterben, ohne geliebt zu haben, ohne geliebt worden zu sein, ist das nicht traurig?«

»Ja, Leon Kirilowitsch, Sie werden am Leben bleiben, und die Liebe...«

»Betrügen Sie mich nicht.«

Beide schwiegen einige Zeit, dann wendete er das schöne Gesicht zur Wand und begann leise zu weinen. Wjera starrte ihn an, während ihre Brust heftig arbeitete und sie ihr Herz pochen hörte, dann plötzlich, fast zornig, erhob sie sich und schritt hinaus. Sie suchte Krubin und fand ihn. Mit ihm kehrte sie zu dem Verwundeten zurück. Als Krubin wieder die Hütte verließ, fragte sie ihn leise: »Keine Rettung?«

»Keine.«

»Wie lange kann er leben?«

»Bis zum Morgen.«

Krubin entfernte sich rasch in der durch den Feuerschein nur noch schrecklicheren Dunkelheit und Wjera stand einen Augenblick da und blickte zu den wenigen Sternen empor, die über der schlafenden Erde in ihrem blauen Lichte zuckten. Dann, langsam, ruhig und entschlossen kam sie zu dem Verwundeten zurück und setzte sich neben ihn auf das Stroh.

»Was hat der Arzt gesagt?«

Sie schwieg.

»Er hat gesagt, daß ich sterben muß.«

Sie schwieg noch immer.

»Sterben – ungeliebt –« murmelte er und seine Hand strich leise und bebend über Wjeras braune Haare, »wie schön – weich wie Seide – es glänzt auch so…«

»Leon Kirilowitsch«, rief Wjera, indem sie ihre Arme mit einer ruhigen Begeisterung, die etwas Erhabenes an sich hatte, um ihn schlang, »ich liebe Sie.«

Der junge Offizier erhob sich, wie von neuem Leben entflammt, auf seinem Strohlager und sah sie an. »Du liebst mich? Ist das wahr? Ich auch, ich liebe Dich, Du schönes, gutes Mädchen.« Er zog ihren Kopf an seine Brust und preßte seine heißen, trockenen Lippen auf die ihren.

»Ich bin Dein«, sprach Wjera, »und ich bleibe Dein.« Sie erhob die Finger wie zum Schwur. »Niemals werde ich einem Anderen angehören, niemals.«

»So laß mich sterben«, erwiderte er mit einem glücklichen Lächeln, den Kopf an ihrer Brust gebettet, »jetzt hat der Tod nichts Schreckliches mehr für mich.«

Im bleichen Licht des Morgens lag ein Toter mehr in dem bulgarischen Bauernhof. Wjera trat auf die Schwelle, schloß die Haken ihres Pelzes, blickte um sich mit großen, weitgeöffneten Augen, als sehe sie die Welt zum ersten Mal und ging dann langsam hinüber in die Ambulanz.

Krubin wechselte einen seltsamen Blick mit ihr, das war alles. Kein Wort kam über seine Lippen, keines über die ihren.

Sie fuhr fort, ihre Pflichten zu erfüllen, eifrig und muthig wie bisher, ja, Krubin bemerkte wiederholt, daß sie mit einer Art Fatalismus die Gefahr aufsuchte. Dort wo die Kugeln die Erde aufwühlten und den Schnee in Silberstäubchen aufwarfen, war sie jedesmal unter den Trägern und faßte die Bahre, faßte die Verwundeten an wie jeder Andere.

Als der Plan des Ueberganges über den Balkan, zu dem Zweck, den Schipkapaß zu umgehen und die Türken im Rücken zu fassen, endlich nach dem Fall von Plewna zur Ausführung kam, schloß sich Wjera der Kolonne des Generals Skobeleff an.

Einen Tag vorher hatten Sappeurs den Schnee weggeschaufelt, doch lag er noch immer knietief da und bildete zu beiden Seiten der Straße mannshohe weiße Mauern. Das kümmerte indeß die Soldaten wenig, sie marschierten sogar lächelnd und scherzend bei der wahrhaft grausamen Kälte. Kaum halb so viel Grade unter Null hatten der »großen Armee« in Rußland ein rasches Ende bereitet.

Am frühen Morgen begrüßte Skobeleff seine Soldaten mit dem Ausruf: »Ich wünsche Euch Glück, Kinder, die Türken rücken an!«

Die Soldaten erwiderten: »Wir wollen uns bemühen, Excellenz!«

Es ging jetzt abwärts, die Pferde sanken manchmal bis an den Hals in den Schnee, die Soldaten glitten jauchzend hinab wie auf der Rutschbahn daheim. Bald begann das Feuer.

Am Abend nahm der General Skobeleff das Dorf Imotli. Dann trennte die Nacht die Kämpfenden. Tausende lagen ringsum auf dem Schnee. Die Einen schliefen um die prasselnden Wachfeuer, die Anderen in der Dunkelheit, um nicht mehr zu erwachen.

Den Verwundeten fehlte es an Allem. Man bot alles auf, mehr als Menschenkräfte vermögen, um sie zu verbinden, um sie auf Wagen zurückzubringen, aber noch immer gab es hunderte, die abseits in einer Schlucht, in einem Busch lagen und sich verbluteten oder langsam vom Schnee verschlungen wurden.

In dieser Nacht wurde Wjera in der That zum Engel. Das war kein Weib mehr, das war ein Wesen mit übernatürlichen Kräften, das hier mit den Elementen und dem Tode kämpfte.

Krubin traf sie einmal, als sie einen verwundeten Uralkosacken auf dem Rücken den Abhang hinauftrug.

»Was thun Sie, Wjera«, sprach er, »wollen Sie denn durchaus heute Ihr Ende finden?«

Ob sie es wollte, wer weiß es, aber sie fand es in dieser Nacht.

Fort nach Verwundeten im Schnee suchend, gleich einem treuen Hunde des Bernhardiner-hospizes, gerieth sie immer tiefer und tiefer in die weißen, eisigen, schimmernden Massen, bis sie endlich in diesem Glanz und diesem beißenden Frost die Besinnung verlor.

Noch sah und hörte sie Alles, aber sie war mit einem Mal entsetzlich müde und träge; sie hatte keine Lust, die Füße zu heben, auch die Arme wurden ihr schwer ...der Kopf...

Sie glitt in den Schnee wie in weichen Flaum, wie in ein großes, schwellendes Fell.

Es wurde hell um sie, immer heller und die Glocken begannen ringsum zu läuten.

»Das ist der Sieg«, murmelte sie und legte den Kopf hin, um zu schlafen.

Unten begann von neuem das Knattern des Kleingewehrfeuers.

Die Russen rückten vor mit lautem Hurrah.

Theodora: Eine rumänische Geschichte

Es war an einem unfreundlichen Novembertag, genau so unfreundlich, wie die Botschaft, die er brachte, als Baron Andor bei Theodora Wasili eintrat und ihr verkündigte, daß er sie verheirathen werde.

Sie war ein Mädchen aus dem Dorfe und die schönste, stolzeste unter diesen Erscheinungen, die alle noch ihren römischen Ursprung verrathen. Der Baron sah sie einmal in der Schenke tanzen und gewann ihr Herz durch ein paar Schnüre großer, rother Korallen, die noch dazu falsch waren, und durch ein Schminktöpfchen, das er beim jüdischen Krämer für sie kaufte, denn diese Naturkinder schminken sich alle.

Später beschenkte sie der Baron allerdings reicher. Sie ging gleich einer Bojarin einher und nahm mehr und mehr die Gewohnheiten einer vornehmen, verwöhnten Dame an. Auch jetzt, wo seine Worte sie wie ein Blitzstrahl trafen, saß sie in der Ecke, auf dem türkischen Divan in rothen, goldgestickten, türkischen Pantoffeln und einer rothsammtenen, mit Marder besetzten Pelzjacke da, von der sich ihr strenges Antlitz mit den großen, dunklen Augen und dem schwarzen Haar fast dämonisch abhob.

Sie hatte ihre Hände in den weiten Aermeln verborgen und ihre Füße ruhten auf einem großen Bärenfell. Sie sah den Baron an und erwiderte kein Wort, ja sie regte sich nicht einmal. Sie war starr vor Entsetzen bei dem Gedanken, diese Räume zu verlassen und wieder Bäuerin zu werden.

»Bogulescu, den ich für Dich ausgesucht habe, ist der reichste Bauer im Dorfe«, fuhr der Baron fort, »und außerdem sollst Du Alles mitbekommen, was Du nöthig hast. Ich hoffe, Du wirst gescheidt sein, Theodora.«

Sie war in der That gescheidter, als der Baron es erwartet hatte. Keine Klage, keine Drohung kam über ihre Lippen, sie gehorchte stumm und ergeben. Sie war zu stolz, etwas zu erwidern. Als der Baron sich zu ihr herabneigte und sie auf die Stirne küßte, lächelte sie sogar, aber es war ein kaltes, häßliches Lächeln.

Erst als der Baron das Zimmer verlassen hatte, sprang sie auf, ging durch das Zimmer, trat an das Fenster, blickte lange hinaus in die herbstliche Landschaft und warf sich dann plötzlich vor dem Muttergottesbilde, unter dem ein blaues Lämpchen brannte, nieder, um unter heißen Thränen zu beten.

Bogulescu nahm sie, weil sie eine gute Partie war. Sie bekam ein paar schöne Pferde mit, ebensoviel Kühe, fünfzig Lämmer und auch baares Geld, eine Summe, die der Baron gewohnt war, in einer Nacht zu verspielen, die jedoch für den rumänischen Bauer ein Vermögen bedeutete.

Bei der Hochzeit spottete man ebenso gut über sie, wie über ihn. »Sie habe gemeint, Baronin zu werden«, hieß es, »und nun müsse sie ihre Gänse weiden, wie jede andere«, und er bekam noch bösere Dinge zu hören, aber Bogulescu war ein Philosoph, er setzte sich darüber hinweg.

Nachdem er den Pferden und Kühen den Rücken geklopft, sich an den Lämmern satt gesehen und das Geld geküßt hatte, nahm er die Frau, ohne einen Seufzer auszustoßen, mit in den Kauf. Von Liebe war zwischen den Beiden keine Rede, noch weniger von Achtung, und so gab es von Anfang an keine sonderlich glückliche Ehe, umsomehr, als bald darauf Baron Andor eine junge schöne Dame aus der Hauptstadt als Frau heimführte und Theodora noch mehr als früher den Kopf hängen ließ und die Hände in den Schoß legte.

Niemand verstand, was sie litt. Vor Allem war sie das schwere Leben, die harte Arbeit und die grobe Kost einer Bäuerin nicht mehr gewöhnt.

Sie duldete stumm und trotzig, aber sie wurde täglich bleicher und magerte sichtlich ab. Den Winter hindurch saß sie ganze Tage beim Feuer, starrte in die Flammen und brütete in dumpfem Sinnen.

Einige Zeit sah Bogulescu zu, als es aber Frühjahr geworden war, das Ackern und die Aussaat begonnen hatten und Theodora noch immer die Hände in den Ärmeln ihres Schafpelzes vergrub, da wurde er ungeduldig und endlich brach eines Tages sein Zorn gegen die Frau los. Allerdings war Bogulescu seiner sittlichen Empörung durch mehrere Gläschen kräftigen Kornbranntweins zu Hilfe gekommen, sonst hätte es ihm doch an Courage gefehlt, mit der »Baronin«, wie man seine Frau im Dorfe nannte, anzubinden.

Er kam plötzlich herein und begann laut zu schreien.

»Willst Du endlich aufhören, zu schlafen? Willst Du arbeiten, Faulenzerin, oder soll ich Dich dazu antreiben, wie ein blödes Vieh?«

»Ich glaube, Du bist betrunken«, erwiderte Theodora, ohne sich zu rühren.

Da ging ihr Mann auf sie zu und wollte sie schlagen, aber er kam an die Unrechte. Sie sprang auf und stellte sich ihm mit flammenden Augen, wogender Brust und geballten Fäusten entgegen.

Sie glich in diesem Augenblick einem schönen Raubthier und hätte wohl noch einem Muthigeren, als es Bogulescu war, Furcht einflößen können. Ihr Mann wich zurück, brummte einige unverständliche Worte und verließ endlich die Stube als Besiegter.

Von da an legte er Theodora nichts mehr in den Weg, nährte aber im Stillen die Hoffnung, daß der Tod ihn bald von ihr befreien werde, denn sie bekam hohle Wangen und alle Welt sagte, daß sie die Auszehrung habe.

Indes kam es anders, als die Leute im Dorfe es erwartet hatten. Eines Tages im Herbst brachte man Bogulescu auf seinem Wagen tot aus dem Walde. Eine riesige Tanne, die er für den Baron fällen sollte, hatte ihn erschlagen.

Plötzlich änderte sich Theodora vollständig. Das Träumen und Brüten war zu Ende, die unnütze Frau, die Faulenzerin, die Baronin zeigte sich plötzlich thatkräftig, arbeitsam, klug und umsichtig.

Sie führte fortan die Wirthschaft selbst, ging als die Erste hinaus auf das Feld, kehrte als die Letzte heim und arbeitete für drei. Die Dorfleute staunten sie nun an. Ja, während sie gemeint hatten, nun würde Alles verfallen, blühte im Gegentheil Alles auf, die Äcker gaben besseren Ertrag, das Vieh wurde fetter und auch Haus und Hof gewannen ein freundlicheres und reinlicheres Ansehen.

Die größte Veränderung ging aber mit Theodora selbst vor. Sie erholte sich nicht nur rasch, sondern wurde bald stark und gesund, ihre Wangen wetteiferten an Frische und Farbe mit jenen der jüngsten Dorfschönen, und ihre Augen leuchteten mehr als je.

Es währte nicht lange und die junge Wittwe galt in der ganzen Gegend als das fleißigste und schönste Weib und zahlreiche Bewerber fanden sich ein. Sie empfing jeden freundlich, aber sie erklärte, daß sie ihre Freiheit nicht wieder aufgeben und um keinen Preis zum zweitenmale heirathen werde. Endlich ließ man sie in Frieden. Während aber einerseits alle jungen Männer mit sehnsüchtigen Seufzern nach ihr blickten, wenn sie in ihrem buntgeflickten Lammpelz, Korallen und Goldmünzen um den Hals, rothe Stiefel an den Füßen, Sonntags zur Kirche ging, fürchteten sie doch zugleich den »schönen Satan«, wie man jetzt Theodora allgemein nannte.

Sie verstand es, ihre Wirthschaft und ihre Leute zu regieren. Wehe demjenigen, der nicht gehorchte oder irgend einen Fehltritt beging. Dann spaßte sie wahrhaftig nicht. Man betrachtete sie endlich als eine Art Besserungsanstalt. Wenn eine Dirne, ein junger Bursche nicht gut thun wollten und alle Mittel erschöpft schienen, gaben die Eltern den Ausbund zu Theodora Bogulescu in Dienst und sie zähmte jeden Wildfang in kürzester Frist.

In dieser Zeit weilte Baron Andor selten auf seinem Gute. Den Winter verbrachte das junge Paar in Wien oder in Paris, den Sommer in einem Modebade. Wenn sie je in die Heimath kamen, so sah man sie nur selten außerhalb des Herrenhauses, das ein großer Park umgab, und so kam es, daß der Baron und Theodora sich seit Jahren nicht begegnet waren.

Plötzlich wurde erzählt, der Baron habe in Folge seines glänzenden Auftretens im Auslande einen großen Theil seines Vermögens eingebüßt und sich entschlossen, einige Jahre auf seinem Gute zu leben, um das Verlorene einzubringen.

Theodora hörte die Kunde ohne jede Erregung, wie es schien, als sie aber eines Tages dem Baron auf der Landstraße begegnete, wurde sie purpurroth und fühlte ihr Herz gewaltig pochen.

Sie ritt in die Stadt, wo eben Jahrmarkt war, und saß wie ein Mann im Sattel, die Peitsche in der Hand, während der Baron ihr langsam auf seinem englischen Pferde entgegenkam. Er fixirte sie, erkannte sie aber erst, als sie vorüber war.

»Theodora!« rief er.

Sie hielt und wendete sich im Sattel um.

»Was wollen Sie von mir?«

»Dich fragen, wie es Dir geht.«

»Das kümmert Sie wohl wenig.«

»Du siehst ja prächtig aus.«

»Gottlob, ich bin gesund.«

Sie hatte dies Alles über die Schulter hinweg, mit einem kalten Lächeln gesprochen, und jetzt, ohne eine neue Frage abzuwarten, trieb sie ihr Pferd mit der Peitsche an und sprengte davon.

Im nächsten Frühjahre begann die Revolution. Die rumänischen Bauern, welche sich wiederholt gegen ihre Herren erhoben hatten und jedesmal mit Waffengewalt niedergeworfen worden waren, benützten die allgemeine Bewegung, welche ganz Europa ergriffen hatte, zu einem neuen Versuch, das verhaßte Joch abzuschütteln. Der allgemeinen Auflehnung folgten blutige Excesse, diesen die offene Empörung. Die waffenfähigen Männer eilten in die Berge, wo sie, meist unter der Führung ehemaliger Räuber, zahlreiche Banden bildeten, und bald wüthete in allen Thälern der Krieg; die Edelhöfe wurden überfallen, die Herren und ihre Beamten und Diener mißhandelt oder ermordet, alles bewegliche Eigenthum wurde geraubt und sodann in den verwüsteten Gebäuden Feuer angelegt.

Baron Andor machte sich eben bereit, nachdem er seine Frau vorangeschickt hatte, sein Gut zu verlassen, als auch bei ihm die Plünderer erschienen. Vergebens suchte er sich durch den Park zu retten, er wurde entdeckt, eingeholt und in den Hof zurückgeschleppt. Während die anderen raubten, berathschlagten die Führer, ob sie den Baron an das Scheunenthor annageln oder sich damit begnügen sollten, ihm eine Tracht Hiebe zu geben.

Da erschien Theodora unter ihnen.

»Was wollt Ihr mit dem Herrn?« fragte sie.

»Rache nehmen«, gab man ihr zur Antwort.

»Dann gebet ihn mir«, rief sie, »er hat Niemandem so großes Unrecht zugefügt, wie mir, ich werde ihn bestrafen, wie es ihm gebührt.«

Die Bauern aus dem Dorfe, welche gleichfalls die Waffen ergriffen und sich den Insurgenten angeschlossen hatten, stimmten ihr lachend bei.

»Ja, sie soll ihn haben«, riefen sie, »das ist noch schlimmer, als wenn wir ihm den Tod geben.«

»Nimm ihn also, er ist Dein«, entschied der Anführer.

Theodora löste rasch einen Strick, mit dem sie ihre Bunda gegürtet hatte, und band dem Baron die Arme auf den Rücken.

»So«, murmelte sie, »jetzt wollen wir die Hochzeit feiern!«

Dann stieß sie ihn mit der Faust in den Rücken und trieb ihn mit einer Gerte, die sie vom Zaun brach, vor sich her.

Andor ging, den Kopf gesenkt, stumm und verzweifelt vor ihr her. Er wußte, daß er verloren war, daß ihm bei diesem Weibe weder Flehen noch Drohungen etwas nützen würden. Womit wollte er ihr auch drohen? Für den Augenblick war die Rebellion Herrin des Landes, und womit wollte er sie rühren?

Vor der Thüre ihres Hauses blieb er stehen und sprach:

»Wenn Du mich töten willst, so töte mich gleich.«

»Hast Du mich gleich getötet?« fragte sie mit einem höhnischen Blick. »Nein, Du hast mich langsam morden wollen, und wenn ich heute noch lebe, so ist dies nicht Dein Verdienst. Sterben sollst Du, aber langsam, nachdem Du alle Qualen gelitten, die Du mir bereitet, Du Unmensch.«

Sie stieß ihn in den Hühnerstall und schob den Riegel vor. Hier blieb er auf dem Stroh liegen, bis die Insurgenten fortgezogen waren. Dann öffnete Theodora die Thüre und hieß ihn herauskommen. Während ihr Knecht einen Ochsen herausführte, zog sie selbst den Pflug hervor und spannte Andor vor denselben.

Er leistete keinen Widerstand, er wußte, daß er dadurch seine Lage verschlimmern würde. Es galt Zeit zu gewinnen, dann konnte ihn vielleicht noch ein Zufall, das Erscheinen von Soldaten, retten.

Nachdem sie den Ochsen neben ihn gespannt hatte, ergriff sie die Zügel und die Peitsche, und der Pflug setzte sich in Bewegung. Der Knecht folgte.

Auf dem Acker angelangt, trat er hinter den Pflug und Theodora trieb das seltsame Gespann an. Bald hatte sich eine neugierige Menge, meist Frauen und Kinder, versammelt, welche das unerhörte Schauspiel anstaunten und den unglücklichen Gutsherrn noch mit Schimpf und Spott verfolgten.

Nachdem Theodora noch drei Tage mit ihm gepflügt hatte, war Andors Kraft zu Ende. Am vierten Tag hielt er plötzlich mitten im Acker inne.

»Ich kann nicht mehr«, murmelte er, »beim besten Willen nicht.«

Sie trieb ihn kräftig an und wieder ging es einige Zeit, dann stürzte er zu Boden, aber Theodora gab nicht nach, und er erhob sich noch einmal und beendete sein Tagewerk.

Als sie ihn das nächstemal wieder einspannen wollte, sank er in die Knie und flehte um Mitleid.

»Hast Du mit mir Mitleid gehabt?« gab sie ihm zur Antwort. Statt ihn zu schonen, spannte sie ihn diesmal allein in den Pflug.

Nachdem Andor keuchend die dritte Furche gezogen hatte, brach er zusammen. Theodora riß ihn empor, er stürzte von neuem nieder.

»Erbarmen, Theodora!« rief er stöhnend, dann lief ihm ein Blutstrom aus dem Munde.

Sie betrachtete ihn, die Arme in die Hüften gestemmt, mit einer ruhigen Befriedigung.

Er war auf die schwarzen Schollen hingesunken, die er mit seinem Blute färbte.

»Ich sterbe«, murmelte er.

»Das sollst Du«, sprach sie, »wie ein Thier sollst Du unter freiem Himmel krepieren, dann wird Dir Gott verzeihen.«

»Weshalb haßt Du mich so?«

»Weil ich Dich zu sehr geliebt habe.«

Andor seufzte tief auf. Es war der letzte Ton, den er von sich gab.

Als er tot war, sah ihn Theodora noch ein letztes Mal an, dann kehrte sie langsam nach Hause zurück, lud die Flinte ihres verstorbenen Mannes und verließ das Dorf, um sich den Insurgenten anzuschließen.

Als der große Kampf zu Ende war, erzählte einer der Rebellen, der wieder zu seinem Pflug zurückgekehrt war, daß Theodora in einem Gefecht mit Truppen durch eine feindliche Kugel geendet hatte.

Man mußte es glauben, denn seither hat man nie wieder von ihr gehört.

Die schöne Wittwe Kapitanowitsch: Eine kroatische Geschichte

Barbara Kapitanowitsch war das schönste Weib in Zagorien, obgleich sie keine Gräfin war, die ihr Gesicht verschleiern, und ihre Hände pflegen kann. Sie war nur eine Bäuerin, gewohnt an derbe Kost und harte Arbeit, wenn auch eine reiche Bäuerin, welche sich ordentlich herausputzen konnte und dies auch trefflich verstand, trotz einer Schauspielerin. Sie schminkte sich gleich einer solchen und färbte sich die Augenbrauen, das ist einmal nicht zu ändern, es sind dies die Sitten, die unser Landvolk der nahen Nachbarschaft der Türken verdankt. Aber Barbara hatte solche Kunststücke wahrhaftig nicht nöthig. Sie war so schön, daß, wenn sie in ihrem gestickten Hemde, so weiß wie Schnee, ihrem kurzen Rocke, der mit dem Regenbogen wetteiferte, ihrer mit Pelz besetzten ärmellosen Jacke, von Korallen und Dukaten nur so funkelnd, Sonntags zur Messe ging und der Himmel allenfalls bewölkt war, die Sonne die himmlischen Vorhänge bei Seite zog, nur um auf Barbara Kapitanowitsch zu blicken, und wenn diese in die Kirche eingetreten war, sich sofort wieder mißmuthig verbarg.

Ihr Mann, der reiche Stanko Kapitanowitsch, hatte nicht mehr Verstand besessen, als der Türke, der vor dem Tabakladen aufgemalt war. Ein Weib merkt dies sofort und Barbara war ein überaus kluges Weib. Sie lenkte ihn ohne Schwierigkeit, wie etwa Kinder das Wägelchen, mit dem sie spielen. Alles regierte sie, das Haus, die Wirthschaft, die Leute, und doch wurde sie keineswegs übermüthig.

Die Weiber in Zagorien verstehen das süße Augenspiel, und sie verstehen auch manches Andere, man kann allerhand Süßigkeiten von ihnen erlangen. Barbara Kapitanowitsch fand an diesen Späßen, die dem Ehemann schwere Stunden bereiten, keinen Geschmack. So lange ihr Mann lebte, gönnte sie keinem Andern einen Blick, und als sie den ersteren begraben und wie es einer ordentlichen Wittwe geziemt, ein Jahr lang betrauert hätte, erst recht nicht.

An Bewerbern fehlte es zwar nicht, aber Barbara schenkte ihnen kein Gehör, »ich will keinen Herrn mehr haben«, sagte sie, wenn die Nachbarinnen ihr zuredeten, den oder jenen zu nehmen. Sie fuhr fort, ihr Haus, ihr Gärtchen in Ordnung zu halten, Weizen zu bauen und Wein zu keltern, und dabei blieb es.

Mitunter wurde ihr die Zeit zu lang, im Winter, wenn es weniger zu thun gab, aber da fehlte es nicht an schaurigen Geschichten, die man sich bei warmen Ofen erzählte, und das bot doch immerhin einige Zerstreuung. Vor Allem war es der kühne Räuber Danilo Gospoditsch, der damals dafür sorgte, daß den Leuten in Kroatien die Zeit nicht zu lang wurde.

Er war verwegen, wie es nur der Satan selbst sein kann, und auch witzig wie der Teufel. Heute machte er sich den Spaß, einem Juden siedendes Pech in den Hals zu gießen, morgen schlitzte er einem feisten Pfarrer mit seinem Yatagan den Bauch auf, oder schnitt einem Kaufmann Nase und Ohren ab und ließ ihn so laufen.

Es war im Winter und Barbara Kapitanowitsch saß eben recht verdrießlich mit der Spindel auf der Ofenbank, als Milada, ein Mädchen, das bei ihr im Dienste stand, mit der Nachricht hereinflog, daß Danilo Gospoditsch gefangen sei und schon an dem nächsten Tag gehängt werde. Das junge hübsche Gesicht strahlte dabei vor Freude und auch Barbara zeigte sich nicht wenig vergnügt. Eine Hinrichtung war damals ein Fest und nun war obendrein Jahrmarkt im Städtchen, es gab also zwei Belustigungen für eine.

Die Menschen in dem schmalen Grenzstreif zwischen Ungarn und dem Osmanenreiche, Tag für Tag im Kampfe mit den Türken, von denen sie geplündert wurden und bei denen sie in gleicher Weise zu sengen und zu rauben pflegten, waren hart geworden im Laufe der Jahrhunderte, ihre Farbe glich jener des Erzes und ihre Herzen waren ehern. Der Tod war in ihren Augen nichts, sie vergossen Blut, scherzend, als wäre es rother Wein, ja um den rothen Wein war es ihnen gewiß mehr leid.

Die beiden Frauen standen am nächsten Tage früh auf, so früh, daß noch die Sterne am Himmel standen, putzten sich wie zum Tanze auf, zogen ihre großen Schafpelze an, bestiegen den kleinen Schlitten und fuhren nach dem Städtchen. Barbara selbst lenkte die kleinen Pferde, die so rund glänzend waren, daß es aussah, als habe die schöne Wittwe Sonne und Mond eingespannt.

Es herrschte noch ein unheimliches Halbdunkel, zwischen Himmel und Erde lag eine Art graues Ungeheuer, das sich hin und her wälzte, halb Morgennebel, halb Morgendämmerung. Nach und nach färbte sich der Rand des Himmels im Osten, es rieselte wie rothes Blut über den Schnee. Schwarze Raben zeigten sich und begleiteten den Schlitten einige Zeit, bis sich mit den Thürmen der Stadt auf einem kleinen Hügel der steinerne Galgen zeigte. Bei seinem Anblick erhoben sie ein lustiges Geschrei, und nachdem sie ihn umflattert, ließen sie sich auf demselben nieder und putzten ihr wie Metall glänzendes Gefieder. Auch sie erwarteten hier ein Fest.

Die Hinrichtung sollte vor Sonnenuntergang stattfinden, wahrscheinlich um den Tausenden, die zum Jahrmarkt kamen, eine Unterhaltung mehr zu bieten. Nachdem man Alles, was man nöthig hatte, eingekauft und sich an Wachsfiguren, Tanzbären, auf Pudeln reitenden Affen und Riesenschlangen satt gesehen, sollte der Galgen die dramatische Schlußscene liefern.

Barbara Kapitanowitsch ließ ihren Schlitten bei einem bekannten Wirthe stehen, machte ihre Einkäufe, besuchte mit der neugierigen, über Alles lachenden Milada ein paar Buden und ging, nachdem sie gut gegessen und getrunken, mit ihr zur Richtstätte hinaus. Ein schwarzer Strom von Menschen zog mit ihnen, und Tausende erwarteten draußen den schrecklichen Karren. Um besser zu sehen, stieg Barbara auf die zerbröckelte, vom Rauch geschwärzte Mauer eines Hauses, das sengende Türken einst niedergebrannt und das seitdem Niemand aufgebaut hatte, und Milada stand neben ihr auf einem mit Schnee bedeckten Schutthaufen.

Man begann das Armensünderglöckchen zu läuten, die Husaren wurden sichtbar, in ihrer Mitte der Henker zu Pferde und der Karren, auf dem Gospoditsch, mit Blumen geschmückt, seine Pfeife rauchend, neben einem großen rothbärtigen Barfüßermönch saß. Da ging ein Geflüster durch die Menge und Viele winkten dem berühmten Räuber mit den Taschentüchern, während ihn Andere laut darum beneideten, daß man ihn so schön und feierlich zum Tode führe, beim hellen Klange der Trompeten. Gospoditsch, der nach allen Seiten hin freundlich grüßte, saß stolz wie ein Pascha da, der in eine eroberte Stadt einzieht.

Barbara wandte kein Auge von ihm, ihre Brust begann unter dem schwarzen Lammfell zu wogen, und als man ihn band und ihm den Strick um den Hals legte, schien sie mit offenem Munde, aus dem die großen Zähne hervorblitzten, ein Raubthier, das bereit ist, sich auf seine Beute zu stürzen. Erst als Gospoditsch am Galgen hing und die Menge sich zerstreute, kam sie zu sich. Ein tiefer Seufzer entrang sich ihrer Brust.

»Was ist Dir, Gospodina?« Herrin fragte das Mädchen, das die ganze Zeit an einem Pfefferkuchen geknuppert hatte.

»Ach! wie schade um ihn«, gab die schöne Wittwe zur Antwort, »wie muthig er starb und wie schön er war, Gott soll mir die Sünde verzeihen, aber ich hätte ihn nicht hängen lassen.«

Die beiden Frauen gingen mit den andern in die Stadt zurück. Barbara Kapitanowitsch ließ ihren Schlitten anspannen und während dies geschah, aßen sie Kuchen und tranken süßen Meth.

Es war spät am Abend, als sie aufbrachen, doch war es nicht besonders dunkel, dafür sorgte der Schnee, sorgten einzelne Sterne und der Mond, der sich jenseits der Hügel zeigte, etwa wie ein pausbackiger rothhaariger Bauernknabe, der vorwitzig über einen Zaun blickt.

Die Stadt war stille und als der Schlitten erst an den letzten einzeln stehenden Häusern vorübergeflogen war, zeigte sich weit und breit kein lebendes Wesen und kein Licht, die himmlischen Lichter ausgenommen.

Als sie sich dem Galgen näherten, sahen sie Gospoditsch zwischen Himmel und Erde an demselben hängen und sie sahen auch die Raben, die auf dem Hochgerichte saßen oder dasselbe umkreisten und hörten sie lustig krächzen.

Barbara Kapitanowitsch seufzte auf, und als sie nur noch fünfzig Schritte von der Richtstätte entfernt waren, hielt sie unwillkürlich die Pferde an.

»Was hast Du, Gospodina?« fragte Milada ängstlich, »laß doch die Pferde los, peitsch in sie hinein, daß wir von dem Unglücksorte wegkommen.«

Die schöne Wittwe sagte nichts, sie sprang aus dem Schlitten und band die Zügel an einen Weidenbaum, der an der Straße stand.

»Gospodina, erbarme Dich!«

»Fürchte Dich nicht, Mädchen«, erwiderte Barbara, »erwäge doch, ist es nicht jammerschade, einen Mann wie diesen von den Raben zerhacken zu lassen.«

»Was willst Du thun?«

»Ihn vom Galgen herabnehmen.«

»Zu welchem Zweck?«

»Um ihn ehrlich zu begraben.«

»Jesus Maria? Du bist von Sinnen, Barbara Kapitanowitsch«, schrie Milada auf und umklammerte sie ängstlich, »thu' es nicht, thu' es nicht.«

»Und wenn er noch lebt?«

»Wie kann ein Gehängter leben?«

»Der Räuber Bragatsch wurde dreimal gehängt und starb doch erst durch die Kugel eines Sereßaners.« Gensdarm.

Sie ging muthig auf das Hochgericht zu und das Mädchen folgte ihr, am ganzen Leibe zitternd. Neben ihnen zeigten sich zugleich zwei leuchtende Augen.

»Wer ist das?« fragte Milada, »ein großer Hund, gewiß ist er böse.«

»Ein Hund? wo?« Barbara Kapitanowitsch warf nur einen Blick hin und rief lachend! »Das ist ein Wolf!« Dann hob sie einen Stein auf und warf ihn nach dem Raubthier, das sofort die Flucht ergriff. Als sie zum Galgen kamen, erhoben die Raben ein lautes Geschrei. »Hörst Du sie«, sagte Barbara, »sie zanken mit mir, weil ich ihnen ihre Beute abjage. Macht, daß ihr fortkommt.«

Die Raben sogar hatten Respect vor Barbara Kapitanowitsch, sie erhoben sich krächzend in die Lüfte, kreisten um ihr Haupt und flogen dann den Thürmen der Stadt zu.

Die schöne Wittwe reichte jetzt Milada das Messer, das sie aus dem Gürtel gezogen hatte, und hieß sie den Gehängten abschneiden.

»Alles, was Du willst, Gospodina, nur das nicht.«

»Ich hebe Dich empor, es geht ganz leicht.«

»Hab' Erbarmen, ich kann es nicht.«

Barbara Kapitanowitsch zuckte die Achseln. Milada hob sie empor, sie schnitt den Strick durch und der Gehängte fiel in den Schnee.

»Wie schön er ist«, sagte die Wittwe, nachdem sie ihn umgedreht und auch die Schlinge durchschnitten hatte.

»Wenn man uns erwischt?«

»Ich fürchte Gott – sonst Niemand.«

»Himmlischer Vater!« schrie jetzt das Mädchen auf.

»Was giebt es?«

»Sieh nur selbst – er – er athmet – er lebt!«

In der That hob sich die Brust des Räubers, und jetzt entrang sich ein Seufzer derselben. Von diesem Augenblick an wurde zwischen den beiden Frauen kein Wort mehr gewechselt. Barbara faßte Gospoditsch unter den Armen und Milada bei den Beinen. So trugen sie ihn rasch zum Schlitten, deckten das Stroh über ihn und dann ergriff Barbara die Zügel. Die Pferde jagten durch den Schnee, als ob sie Flügel hätten. In ihrem Gehöfte angelangt, hieß Barbara ihre Leute schlafen gehen, und als Stille im Hause herrschte, brachten die beiden Frauen den Geretteten in die große Stube.

Es währte nicht lange, so kam Gospoditsch zu sich, und als er theils selbst begriff, theils erfuhr, was sich zugetragen hatte, fiel er Barbara Kapitanowitsch zu Füßen und küßte ihr die Stiefel. Sie aber schnitt ihm auf der Stelle Haar und Bart ab und gab ihm die Kleider ihres seligen Mannes, während sie die seinen dem Feuer überantwortete.

Als die Dienstleute am nächsten Tag erstaunt ein fremdes Gesicht sahen, wurden ihnen gesagt, daß es ein Verwandter der Góspodina sei, den sie sich habe kommen lassen, um einen männlichen Beistand zu haben.

Es währte nicht lange, so hatte sich Danilo Gospoditsch vollständig erholt, und eines Abends sagte er zu seiner Retterin: »Du hast mich vom Tode errettet, Gospodina, ich will Dir zeitlebens dafür dankbar sein. Wenn Du mich brauchst, rufe mich, befiehl über mich. Nun ist es aber Zeit, Dein Haus zu verlassen. Man könnte mich entdecken und Dich zur Verantwortung ziehen.«

»Nein, Gospoditsch«, erwiderte die schöne Wittwe »wer etwas halb thut, soll es lieber gar nicht thun, Du bleibst bei mir, sobald Du nur willst. Ich verlange nur Eines. Du darfst hier nicht den Herrn spielen wollen.«

»Wie könnte ich dies mir nur beifallen lassen«, sprach Gospoditsch, »ich bin zufrieden, wenn ich Dein Knecht sein kann.«

So blieb denn der gefürchtete Räuber im Hause der reichen und schönen Wittwe, während es im ganzen Lande hieß, der Teufel habe ihn geradeaus vom Galgen geholt, mit Haut und Haaren.

Gospoditsch, gewohnt zu befehlen, schien seine Art ganz verläugnen zu wollen. Er zeigte sich sanft wie ein Lamm und folgsam wie ein Hund und ein gut abgerichteter dazu. Er arbeitete für Zweie, er war mit allem zufrieden und schien glücklich, wenn ihn die Gospodina nur freundlich ansah, ihm einen Schlag auf die Schulter gab oder ein Gläschen Wein reichte, an dem sie selbst zuvor genippt. Und immer freundlicher wurde die schöne Wittwe. Sie saß gerne mit ihm ganze Abende auf der Ofenbank und plauderte mit ihm, und als es Frühling wurde, unter dem blühenden Apfelbaum hinter dem Hause. Dabei sahen sie sich von Zeit zu Zeit an, mit Blicken, die ganz anders waren, als wie sie sonst zwischen Menschen gewechselt werden. Sie betrachtete ihn ruhig, aber mit einem tiefen Wohlgefallen, er dagegen zuckte unter dem feurigen Strahl ihres dunklen Auges, wie der verwundete Grenzer unter dem Messer des Feldscheers und wenn er seinen Blick an ihrem stolzen Gesicht haften, oder an ihrer herrlichen Gestalt herabgleiten ließ, schien es wahrhaftig, als empfinde er einen heftigen Schmerz.

Täglich fand Barbara Kapitanowitsch Blumen auf ihrem Fenster. Sie wußte, wer sie pflückte und band und in das mit Wasser gefüllte irdene Töpfchen stellte, ihre Stiefel glänzten jetzt stets wie himmlische Sterne, sie wußte, wer ihnen diesen Glanz verlieh, und sie wußte auch wer es war, der ihr das Bild der heiligen Barbara auf den Deckel ihrer Truhe geklebt hatte.

Einmal war sie in den Pfarrhof gegangen, ohne daß es Jemand bemerkt hatte, und als sie zurückkam, in der Dunkelheit des Abends, und durch das Fenster in die Stube blickte, in der die Lampe unter dem Bilde der heiligen Mutter Gottes brannte, sah sie Gospoditsch vor der Thür ihrer Kammer stehen und durch das Schlüsselloch in dieselbe blicken.

»Steht es so mit Dir mein Vöglein«, dachte sie, »klebst Du schon an der Leimruthe und flatterst und kannst nicht mehr davonfliegen.« und als sie hereinkam, war ein Lächeln um ihren vollen stolzen Mund, aus dem mindestens ebensoviel Glück als Spottsucht sprach.

»Nun, was thust Du, Bruder Gospoditsch«, begann sie, »warst Du fleißig? bist Du müde? willst Du essen?«

»Wie es Dir gefällt«, sagte er, während seine hellen durchdringenden Augen immer wieder die weichen Linien ihres schlanken schmiegsamen Leibes verschlangen.

»Du hast gepflügt?«

»Wie Du es befohlen hast, das große Feld jenseits des Kreuzes.«

»Gut, dann wollen wir jetzt zusammen essen und trinken.«

Sie rief Milada, ließ den Tisch decken und setzte sich an denselben. Gospoditsch stand mitten in der Stube, blickte auf seine Stiefel, drehte seinen Schnurrbart und seufzte.

»Haben die Leute schon zu Nacht gegessen?« fragte die Wittwe das Mädchen.

»Ich danke, wir haben gegessen.«

»Dann bringe uns das Kraut und den Speck und auch einen Krug mit Wein.«

Milada lief hinaus und Barbara Kapitanowitsch gab Gospoditsch einen Wink, sich zu ihr zu setzen. Beide fanden nicht das richtige Wort so lange das Mädchen hin und her ging und dann begannen sie zu essen. So blieb es lange Zeit still in der Stube, wie in einer Kirche, nachdem der Sakristan die Thüren gesperrt hat und nur noch die Mäuse um Altar und Beichtstuhl und Bänke herumspazieren. Doch der Wein löste die Zungen. Gospoditsch begann zu erzählen, er wußte, daß Barbara Kapitanowitsch ihm zuzuhören liebte, wenn er von den Heldenthaten berichtete, die er verrichtet. Heute war er aufgeräumt und erzählte einen gar lustigen Streich, den er dem hochwürdigsten Bischof von Dialowar gespielt hatte. Die schöne Wittwe trank so, daß ihre Wangen immer mehr erglühten und lachte, daß die Münzen, die sie um den Hals trug, auf ihrer Brust wie die Schellen eines Schlittens erklangen.

»Du bist ein so muthiger Mann«, sagte sie endlich, indem sie näher zu Gospoditsch rückte, »weshalb bist Du mir gegenüber so wenig herzhaft?«

»Weiß ich es?« gab Gospoditsch zur Antwort, zuckte die Achseln und blickte zur Seite.

Da rückte Barbara Kapitanowitsch noch näher, ganz nahe zu ihm hin und dann, indem sie laut zu lachen anfing, schlang sie den Arm um seinen Hals und küßte ihn.

Seit diesem Abend begann die schöne Wittwe Gospoditsch in einer Weise zu begünstigen und zu beschenken, daß nicht der Neid der Leute im Hause, sondern aller jungen Männer im Dorfe rege wurde. Was sie noch von ihrem Manne her besaß, wurde jetzt gut angewendet, sie gab Gospoditsch die Pfeife des Seligen, sein Messer, seinen Pelz, seine Uhr. Wenn ihr Mann noch gelebt hätte, so hätte sie ihm wahrscheinlich die Haut abgezogen und auch Gospoditsch gegeben.

»Ich will doch sehen, ob ich den elenden Zigeuner nicht ausstechen kann«, sagte Nikolitsch, der hübscheste Bursche im Dorfe, der beim Tanze vor der Schenke beiläufig so viel war, wie der Kaiser in Wien. Und als er dies sagte, war es auch schon beschlossene Sache bei ihm, die schöne Wittwe zu erringen und Gospoditsch nöthigenfalls das Messer zwischen die Rippen zu stecken. Er wartete am nächstfolgenden Sonntag, nach dem Segen, an der Kirchenthüre auf die schöne Wittwe und als sie heraustrat, lächelte er sie an und ging mit ihr, ohne erst um Erlaubnis zu fragen.

Gospoditsch war in die Stadt geritten, um Schießpulver zu kaufen, das sie einem kranken Rosse eingeben wollten. Als er zurückkam und hereintrat, fand er Barbara Kapitanowitsch in ihrem Sonntagsputz mit Nikolitsch an dem Tische sitzen und Wein trinken. Das gefiel ihm nicht, noch weniger gefiel ihm, daß die schöne Wittwe ihn nicht einlud, mitzutrinken, sondern geraden fortschickte, indem sie ihn nach dem kranken Pferde sehen ließ.

Es war spät am Abend, als Nikolitsch fortging. Gospoditsch, der hinter dem Zaun auf ihn wartete, hätte ihn gar nicht gesehen, wenn ihn nicht die brennende Pfeife verrathen hätte. Er sprang auf ihn los, packte ihn an der Brust und drückte an das Zaunthor, so daß dieses laut ächzte.

»Kommst Du daher, um den Weibern Komplimente zu machen«, sagte Gospoditsch leise, und mit den Zähen knirschend, »nimm Dich in Acht, daß nicht Jemand Deine Scherze mißversteht.«

Nikolitsch griff vorsichtig nach dem Messer, aber Gospoditsch errieth gleich, was er wollte, ließ ihn los und riß schnell einen Pfahl aus dem Zaune.

»Bete ein Vaterunser«, murmelte er, »denn es ist aus mit Dir.«

Nikolitsch begann um Hilfe zu rufen und zugleich so rasch er nur konnte zu laufen, Gospoditsch ihn verfolgend, fiel zum Glück über die Wurzel eines Lindenbaumes, und so entkam der Unglückliche in dem Augenblick, wo die schöne Wittwe mit einer Laterne in der Hand aus dem Hause kam.

»Was geschieht hier?« fragte sie.

»Nichts«, sagte Gospoditsch, der sich die Kniee mit der Hand abwischte, »aber es hätte nicht viel gefehlt, so hätte ich diesen Burschen, der wie ein Apfel aussieht und wie ein Hase läuft, erschlagen.«

Die schöne Wittwe begann zu lachen und je zorniger Gospoditsch wurde, um so lauter lachte sie, bis sie sich endlich zur Erde setzen mußte.

»Ah! – ah!« keuchte sie – »mir thun die Seiten weh – Du bist ja eifersüchtig, mein Täubchen, wie ich sehe, ich werde Dich wirklich heirathen müssen, sonst sehe ich Dich noch einmal hängen.«

»Lach' nicht«, sagte endlich Gospoditsch, »mir schießt das Blut zu Kopf – ich könnte vergessen –«

»Dummkopf«, rief Barbara Kapitanowitsch sich aufrichtend, »an einem Faden lenke ich Dich, wie einen Maikäfer. Was sprichst Du auf einmal so stolz? Die Liebe hat Dir alle Deine Sinne geraubt. Aber im Ernste. Ich muß Dich schon zum Manne nehmen, das sehe ich, und ich will es thun, wenn Du mir schwörst, dann nicht den Herrn herauszukehren. Denn ich habe lange genug das Joch ertragen. Ich habe es satt.«

»Ich schwöre Alles, was Du verlangst«, erwiderte Gospoditsch, »wenn Du mir versprichst, daß kein Anderer Dich mehr besuchen darf.«

»Brauche ich diese Laffen vielleicht? meinst Du, daß ich sie brauche?«

»Ich glaube es nicht.«

»Also komm, trinken wir zusammen«, rief Barbara, indem sie ihn mit der Faust in die Rippen stieß, »beim Wein kommen gute Gedanken. Komm nur, mein süßes Täubchen!«

Es währte nicht allzulange und man begann im Hause der reichen, schönen Wittwe zu scheuern, zu kochen, zu braten und zu backen, Barbara Kapitanowitsch feierte ihre Hochzeit mit Danilo Gospoditsch.

Es geschah dies im Sommer, kurz vor der Ernte.

Die Hochzeitskuchen waren noch nicht alle aufgegessen und schon zeigte Gospoditsch zu Aller Ueberraschung ein ganz anderes Gesicht, nur Barbara Kapitanowitsch war nicht im Mindesten davon betroffen.

»Ich habe es gewußt«, sagte sie zu Milada. »Ein Mann ist wie der andere, deshalb wollte ich mir nicht noch einmal den Ring an den Finger stecken lassen, er drückt gar sehr, der kleine Ring, aber da es so weit gekommen ist, muß man es mit Anstand tragen.«

War Gospoditsch bisher der fleißigste Mensch im Dorfe gewesen, so zeigte er sich nun ganz unerwartet träge wie ein Pascha. Jede noch so kleine Arbeit schien ihm Schrecken einzuflößen. Er saß den ganzen Tag da, und wenn er nicht aß und trank, rauchte er seine Pfeife. Es kam die Ernte. Alle gingen hinaus auf das Feld, Barbara Kapitanowitsch befehligte die Arbeiten, legte selbst Hand an, sie schnitt das Getreide mit der Sichel und band es in Garben, gleich den Anderen, Alles in der furchtbaren Sonnenhitze. Gospoditsch blieb zu Hause, im kühlen Schatten, und wenn er je hinausging, so war's nur, um seine Frau zu bespötteln oder die Leute, denen der Schweiß über das gebräunte Antlitz rann, zu tadeln.

Im Hause begann er auch mehr und mehr den Herrn zu spielen. Er verstand mit einem Male alles besser, Barbara war nicht im Stande, ihm irgend etwas recht zu machen, sei es das Hemd, das er anzog, sei es die Suppe oder das Sauerkraut, das sie ihm auf den Tisch stellte. Er beschuldigte sie sogar, daß sie ihm Wasser in den Wein schüttete. Sie begegnete seinen Vorwürfen anfangs stolz und ruhig, dann aber fing sie an, sich ernstlich zur Wehre zu setzen, und als sie erst einmal einen ordentlichen Wortwechsel gehabt hatten, nahm das Streiten kein Ende mehr.

Es kam der Herbst, die Weinlese begann. Wieder überließ Gospoditsch seinem Weibe Plage und Arbeit, als aber erst der junge Wein wie Feuer in die Fässer rann, da kam er in den Keller und trank so lange, bis sie ihn hinauftragen mußten, einem Sacke gleich.

Barbara sagte nichts, aber sie sperrte den Keller ab, und als Gospoditsch die Schlüssel verlangte, verweigerte sie ihm dieselben in einer Weise, daß er sie nicht zum zweiten Male verlangte. Dafür ging er jetzt in die Schenke und kam, einen Abend wie den anderen, betrunken nach Hause und schrie und tobte wie ein Wahnsinniger.

Und so wurde es wieder Winter. Ohne jeden Anlaß zeigte Gospoditsch mit einem Male einen förmlichen Haß gegen Milada, das arme Mädchen zitterte schon, wenn er nur einen Blick auf sie warf. Er fluchte, wenn sie die dampfende Schüssel auf den Tisch stellte, wenn sie ihm den Tabak brachte, den sie für ihn geschnitten hatte, oder den Weinkrug hinsetzte. Da war kein Tag, wo er die Unglückliche nicht bei seiner Frau verklagte, so daß sie, so lange die liebe Sonne schien, in ihre Schürze und Nachts in ihr Strohkissen hineinweinte und endlich mit rothen Augen umherging wie ein Kaninchen.

»Mit Dir werde ich noch fertig«, hieß es jedesmal, wenn Milada den Zorn ihres Herrn erregt hatte und den Nachbarn gegenüber äußerte er sich wiederholt: »Sie muß mir fort, ich jage sie aus dem Hause.«

»Ich weiß nicht, was Du mit Milada hast«, sagte einmal Barbara.

»Was ich mit ihr habe?« schrie Gospoditsch, »ist sie nicht träge, ungeschickt, frech? Kann man irgend etwas von ihr haben, so wie es in der Ordnung ist?«

»Ich war immer mit ihr zufrieden.«

»Du – aber ich – ich bin ganz und gar nicht zufrieden«, fuhr Gospoditsch fort, »wenn Du sie nicht bald fortschickst, ich weiß nicht, was ich thue, ich erschlage sie noch am Ende.«

Eines Sonntags, während die Frauen in der Messe waren, saß Gospoditsch schon am Morgen in der Schenke, bewirthete ein paar beurlaubte Soldaten, erzählte, sang und prahlte, kam betrunken nach Hause und fiel auf die Bank nieder, gerade als seine Frau zurückkehrte. Sie sah ihn nur an und ging in ihre Kammer, um sich umzukleiden. Zum Unglück kam Milada, noch in ihrem Feiertagsanzug, mit Korallen um den Hals und ein mit Spitzen besetztes Tuch auf dem Kopfe, herein und deckte den Tisch.

»Siehst Du denn nicht, daß mir meine Pfeife ausgegangen ist«, begann Gospoditsch, Milada zündete einen Kienspan an und gab ihm Feuer. Er dampfte eine Weile scheinbar ruhig vor sich hin, mit einem Male aber schlug er auf den Tisch, daß die irdenen Teller durcheinander tanzten. »Willst Du mich zum Besten haben, Du Faulenzerin, Du Gottvergessene, habe ich Dir nicht gesagt, daß meine Pfeife nicht brennt.« Wieder brachte das Mädchen einen brennenden Span, kniete vor Gospoditsch nieder und zündete ihm sorgsam die Pfeife an. »Sie brennt nicht, was ist das wieder, gewiß hast du sie verhext, Du Prinzessin«, rief er und riß ihr die Korallen herab, daß sie wie Blutstropfen über den Boden hinrollten.

Milada begann zu weinen.

»Heulst Du mir was vor«, fuhr Gospoditsch fort, »ich habe eben genug von dieser Musik gehört, schweige still.« Und ohne lange zu fragen schlug er sie derb auf den Mund.

»Nie hat mich noch ein Mensch geschlagen.« begann Milada zu klagen, »außer meiner Mutter, die Gospodina hat mich noch nie berührt, nicht mit dem kleinen Finger hat sie mich berührt, und Ihr –«

»Und ich? – was?« schrie Gospoditsch und sprang auf, »ich gebe Dir jetzt die Schläge, die Du bisher zu wenig erhalten hast.«

»Jesus Maria!«

»Und Joseph!« spottete Gospoditsch, während er auf die Arme losschlug, »geh hin, beklage Dich, es wird sich endlich zeigen, wer Herr im Hause ist, Du oder ich, packe Deine Sachen, Du gehst mir auf der Stelle, zu den Zigeunern gehst Du, dort gehörst Du hin.« Er stieß sie mit dem Fuße zur Thür hinaus wie einen Hund.

Milada weinte sich aus, dann schnürte sie ihr Bündel, zog ihren Schafspelz an, brach sich aus dem Zaun einen tüchtigen Stecken und kam zur Frau in die Kammer, um Abschied zu nehmen.

»Wohin gehst Du denn?« fragte Barbara betroffen.

»Der Herr schickt mich fort.«

»Wer?«

»Der Herr – Dein Mann.«

»So? und da packst Du gleich zusammen«, sagte Barbara, »ich aber lasse Dich nicht gehen, Du bleibst.«

»Ich kann nicht, Gospodina.«

»Und warum nicht?«

»Weil – weil ich es nicht mehr ertragen kann.«

»Was hast Du denn zu ertragen?«

»Daß der Herr mich immer schimpft«, erwiderte das Mädchen, seine Thränen trocknend, »das ginge noch, auch daß er mit nichts, was ich auch thue, zufrieden ist, aber er fängt schon an, mich zu schlagen.«

»Wann hat er Dich geschlagen?«

»Jetzt eben.«

»Weshalb ist er denn so böse auf Dich?«

»Wenn Du es durchaus wissen mußt...«

»Ja, ich muß es wissen.«

»Weil ich ihm kein Gehör schenke«, sagte Milada, »deshalb ist er böse, nur deshalb, und das kann ich doch nicht thun, was er von mir verlangt. ›Liebst Du denn nicht Deine Frau, die so schön ist‹, sagte ich zu ihm, ›die Schönste weit und breit.‹ Da lachte er. ›Gewiß ist sie schön‹, gab er zur Antwort, ›aber Du gefällst mir auch. Hat der Hahn etwa nur eine Henne? Und ich bin wahrhaftig kein Gimpel.‹ Ja, Gospodina, das hat er gesagt, so wahr ich lebe, ich will auf der Stelle verderben, wenn er es nicht gesagt hat.«

»Ich glaube Dir, Milada«, sagte Barbara, »und deshalb bleibst Du. Er soll Dir kein Härchen krümmen, das ist meine Sache.«

Milada ging hinaus, zog den Schafpelz ab, stellte den Stecken hin und packte ihre Sachen wieder aus.

Als Gospoditsch und seine Frau zu Tische gingen und das Mädchen die Suppe hereinbrachte, sprang der Erstere auf und schrie, während seine Augen schrecklich flammten: »Bist Du noch da, hab’ ich Dir nicht befohlen, augenblicklich mein Haus zu verlassen?«

»Dieses Haus ist mein Haus«, sagte Barbara stolz, »und das Mädchen ist ein braves Mädchen und bleibt bei mir.«

»Wenn ich aber sage, daß sie fort muß«, schrie Gospoditsch und schlug auf den Tisch. –

»So bleibt sie doch«, entgegnete Barbara, »weil ich es will.«

»Das wollen wir sehen«, murmelte Gospoditsch, der Zorn erstickte ihn fast.

»Ärgere Dich nicht«, sagte Barbara, »es könnte Dir schaden.«

»Marsch! Hinaus!« befahl Gospoditsch, ergriff sein Pfeifenrohr und stürzte auf Milada los.

»Du rührst sie nicht an«, rief Barbara, »ich verbiete es.«

»Verbieten! mir! ich lasse mich nicht von einem Unterrock kommandiren, ich nicht.«

»Was hast Du mir geschworen?«

»Und Du mir? ist das Dein Gehorsam?« Er faßte Milada bei den langen Zöpfen und schlug auf sie los.

Gleich beim ersten Streiche floß ihr Blut, und als seine Frau ihm in den Arm fiel, ließ er zwar Milada los, stieß aber dafür Barbara an die Wand und begann sie mit dem Pfeifenrohr zu bearbeiten. Barbara wehrte sich, so gut sie konnte, mit den Fäusten und ohne einen Laut von sich zu geben, bis Milada den Wüthenden von hinten faßte. Jetzt stieß ihn Barbara mit dem Fuße von sich, so daß er wankte. »Weil sie Dich nicht will«, murmelte sie, »weil sie ehrlich ist, deshalb, ich weiß Alles.«

In diesem Augenblick war es, als stürze das Dach über Gospoditsch ein, er blickte entsetzt zuerst auf Milada, dann auf seine Frau und lief dann zur Thüre hinaus und geradeaus in die Schenke.

Barbara blieb einige Zeit mitten in der Stube stehen. Sie steckte die beiden braunen Zöpfe auf, die ihr bei dem Ringen mit ihrem Manne losgegangen waren und zog das Hemd herauf, das er ihr zerrissen hatte. Das arme Mädchen stand indeß stumm und regungslos bei Seite, nur ihre Augen versuchten ängstlich in dem kalten, finsteren Antlitz der Gospodina zu lesen und flehten um Hilfe, um Rettung bei ihr.

»Gut, sehr gut«, sagte endlich Barbara, nachdem sie sich auf der Bank beim Ofen niedergelassen hatte. »So mußte es kommen, man weiß doch jetzt, woran man ist.«

Diese Worte waren nebenbei an Milada gerichtet, aber sie hatte nicht das Herz, darauf zu antworten.

Barbara ergriff den Krug, setzte ihn an und trank den feurigen Wein, sie erhitzte er nicht, er fühlte sie vielmehr. »Da«, sprach sie, indem sie ihn dem Mädchen hinhielt, »trink, der Wein macht Muth.«

Milada trank und stellte dann den Krug nieder.

»Was thun?« begann Barbara von Neuem, sie starrte das Mädchen an, als stände eine geheimnißvolle Schrift auf dessen Gesicht, die sie zu enträthseln suchte.

Milada wischte sich den Mund mit dem Ärmel. »O!« sagte sie seufzend, »hättest Du ihn doch lieber am Galgen gelassen.«

Barbara sah sie an, mit einem Blick, der so furchtbar war, wie der eines Richters über Leben und Tod und dann senkte sie die Augen zu Boden und dachte nach.

Sie dachte lange und kummervoll nach, ohne sich zu regen, kaum daß die Wimper zuckte, und endlich lächelte sie, aber es war das schreckliche Lächeln einer Löwin, die ein Opfer wittert, daß ihr nicht mehr entrinnen kann.

Es war spät, als Gospoditsch heimkehrte, von zweien seiner Zechbrüder begleitet, die ihn lachend an die Thüre seines Hauses lehnten und sich dann eilig davonmachten. Als Barbara öffnete, fiel er wie ein Baum, den die Axt gefällt hat, zu ihren Füßen nieder. Sie zog ihn herein, schloß die Thüre und ließ ihn dann liegen. Nach einer Weile wankte er in die Stube herein, den Stecken, den Milada draußen angelehnt hatte, in der Hand. Seine Augen glotzten wie die eines Ertrunkenen.

»Wo sind denn diese verdammten Weiber!« rief er und verlor dabei das Gleichgewicht, als wäre die Stube ein Schiff auf hoher See, »ich will sie schon lehren, wer der Herr ist – guten Abend, Frauchen – bist Du jetzt zahm – was? jetzt befehle ich hier, ich allein. Begreifst Du das? Oder verlangt Dein Herz nach Schlägen, süßes Täubchen?« Er schlug mit dem Stecken um sich, fiel zu Boden, suchte sich aufzuraffen, aber gab es endlich auf und schlief ein, sowie er dalag auf der Diehle, halb unter dem Tisch.

Barbara warf nur einen Blick auf ihn, aber einen langen, zufriedenen Blick und ging dann leise auf den Fußspitzen hinaus.

Ihre Leute waren eben in der Backstube versammelt. »Wo ist denn der Herr?« fragte sie ruhig, »weiß Niemand, wo er ist?«

»Wo wird er sein?« erwiderte Milada mit einem häßlichen Blick voll Haß und Verachtung, »in der Schenke.«

»Geht Alle aus, ihn zu suchen«, gebot Barbara, »und daß Ihr mir nicht nach Hause kommt, ehe Ihr ihn gefunden habt. Nur Du bleibst bei mir, Milada.«

Alle gehorchten rasch und willig. Sie zogen sich an, nahmen Laternen und Kienfackeln und gingen hinaus in die kalte, sternenhelle Winternacht.

»Suche mir jetzt die Stricke zusammen«, sagte Barbara leise zu Milada.

»Welche Stricke?«

»Die, auf denen wir die Wäsche trocknen.«

»Zu welchem Zweck?«

»Frage nicht lange.«

Barbara kehrte in die Stube zurück, setzte sich auf die Bank und wandte kein Auge von Gospoditsch, als fürchte sie, er könne ihr entkommen. Sie athmete auf, als das Mädchen mit den Stricken hereinkam.

»So«, sagte sie, indem sie aufstand, »jetzt hilf mir ihn binden.«

»Wen?«

»Meinen Mann.«

»Wie Du es befiehlst, Gospodina.«

»Du thust es doch gern?«

»Gewiß von Herzen gern.«

»Also, nur flink«, flüsterte Barbara, »Du die Füße, ich – die Hände.« –

Sie warfen sich auf ihn, und obwohl Gospoditsch, ohne zu wissen, was mit ihm geschah, halb im Traume, aufschrie und wüthend um sich schlug, hatten sie ihn doch in wenigen Augenblicken überwältigt und ihm die Füsse gefesselt und die Hände auf dem Rücken gebunden.

»Das wäre gelungen«, sagte Barbara, nachdem sie tief Athem geschöpft, »der thut uns nichts mehr.«

Milada lachte, sie war so glücklich, sie drehte sich im Kreise herum, als gäbe es ein Tänzchen und küßte die Gospodina auf die Schulter.

Barbara gab ihr indeß einen Wink mit den Augen und sie gingen zusammen in den Hof hinaus.

»Was hast Du vor, Gospodina?« fragte das Mädchen neugierig.

»Du wirst es zeitig genug erfahren.«

Barbara zog jetzt mit Milada's Hilfe den Schlitten in den Hof. Es war dies ein kleiner Leiterwagen, den man für den Winter von den Rädern genommen. Die beiden Frauen füllten ihn mit Stroh an, bereiteten einen Sitz aus einer Fütterkiste, führten die Pferde heraus und spannten sie vor. Dann hing Milada die Zügel an den Brunnen und die Gospodina steckte die Peitsche in das Geschirr des Handpferdes.

»Mach fort jetzt«, sagte sie, »zieh Dich an.«

»Wie soll ich mich anziehen?«

»Du siehst ja, daß wir fortfahren.«

Milada sah die Gospodina blöde an und ging in die Backstube, während Barbara, ohne den gebunden Daliegenden weiter zu beachten, rasch durch die Stube in ihre Kammer schritt und nachdem sie den Pelz angezogen, ein Tuch um den Kopf schlang und ein zweites vor den Mund band. Da kam auch schon Milada, gleichfalls im langen Schafspelz und in gleicher Weise vermummt, des Frostes wegen. Die beiden Frauen glichen jetzt Türkinnen, nur ihre Augen blitzten wie aus Haremsschleiern hervor.

»Was nun?« fragte das Mädchen entschlossen.

»Du fragst zu viel«, erwiderte Barbara, »hilf mir, das ist Alles, was ich von Dir verlange.«

»Auf mich zähle, Gospodina, ich bin Dir treu, ich liebe Dich, ich gebe mein Blut für Dich.«

»Komm also!«

Kein Wort wurde mehr gesprochen, die Beiden verständigten sich ausschließlich durch Blicke und Winke. Sie ergriffen Gospoditsch, schleppten ihn in den Hof hinaus, warfen ihn auf den Schlitten und deckten das Stroh über ihn. Milada öffnete das Thor, dann stiegen sie in den Schlitten, Barbara ergriff Zügel und Peitsche und fort ging es in die Nacht hinaus. Sie flogen förmlich durch das Dorf, der Schlitten glitt über die Schneebahn, wie eine Flintenkugel die Luft durchschneidet. Die Hütten mit ihren Nachtmützen von Schnee, die Bäume mit ihren weißen Armen schössen vorüber, als reiße sie eine übernatürliche Gewalt vom Boden weg. Vor dem Dorfe, wo der Wald begann, zeigten sich Wölfe, verschwanden aber bald wieder, sie zogen offenbar einen Besuch in einem Stalle oder Hühnerhof, der Jagd nach dem windschnellen Gespann vor.

Es ging durch den Forst wie durch ein Heer steinerner Gestalten, die sich von den Mauern der Kirchen losgelöst und von den Sargdeckeln der Grüfte erhoben hatten. Barbara bekreuzte sich und das zitternde Mädchen an ihrer Seite begann laut zu beten. Sie erreichten glücklich das freie Feld.

Der Himmel war klar und mit Sternen besäet, in dem matten Lichte der letzteren erglänzten Schneefelder und Eiszapfen, gefrorene Bäche und bereifte Gesträuche.

Als sie sich der Stadt näherten, wurde es hell und heller, der Schnee leuchtete, und aus demselben stieg rasch der Hügel mit dem Galgen hervor und malte sich schwarz auf dem Winterhimmel ab.

Auf diesen Hügel zu trieb Barbara die Pferde.

Da war der Galgen.

Noch zweimal knallte die Peitsche und der Schlitten hielt unter dem Hochgericht, und die Raben, die auf demselben saßen, erhoben sich in die Lüfte und grüßten Barbara, ihr Haupt umkreisend, mit fröhlichem Krächzen. Sie nickte ihnen zu, sprang aus dem Schlitten, band die Pferde an einen Baum und begann die eine Leiter vom Schlitten loszumachen, während Milada das Stroh auseinander warf und Gospoditsch hervorzog.

»Was ist denn? Gebt Ihr mir keine Ruhe?« murmelte dieser, »teuflisches Weibsvolk.«

Die Leiter fiel, und schon riß Barbara ihren Mann bei den Beinen heraus, während Milada ihn vom Schlitten hinabstieß. Er fiel in den Schnee, erhob den Kopf und blickte erstaunt um sich. Indeß wurde die zweite Leiter losgemacht und Barbara band beide mit Stricken zusammen.

»Das ist doch zu dumm«, sagte Gospoditsch, »wo bin ich denn, und wer hat mich denn gebunden?«

Die frostige Luft brachte ihn schnell zu sich.

»Ich habe Dich gebunden«, erwiderte Barbara.

»Du – und was hast Du vor?« Gospoditsch erblickte den Galgen und schauderte.

»Ich werde Dich einfach dort wieder aufhängen, mein Täubchen«, sagte Barbara, »wo ich Dich herabgenommen habe.«

»Scherze nicht.«

»Ich scherze nicht«, gab seine Frau gelassen zur Antwort, »willst Du mir helfen, Milada?«

»Ihn hängen?« rief das Mädchen, »gewiß mit tausend Freuden.«

Sie lehnten die Leiter an den Galgen und ergriffen Gospoditsch, um ihn auf dieselbe zu stellen.

»Bei Gottes Barmherzigkeit«, stammelte der Räuber, »laß mich los, ich will in den Wald gehen und mich niemals wieder bei Dir blicken lassen, ich will nicht am Galgen hängen, ich will nicht.«

Vergebens flehte, vergebens drohte er. Sie hoben ihn auf die Leiter und banden ihn an derselben fest. Dann stieg Barbara über seine Schulter hinauf, machten den Strick an dem Galgen fest und legte ihm die Schlinge kunstgerecht um den Hals.

»Erbarmen!« bat Gospoditsch, »ich will Alles thun, was Du nur willst, schenk mir nur das Leben.«

»Nein, Du mußt hängen«, sagte Barbara. Sie stieg rasch hinab, band ihn von der Leiter los und zog diese weg.

Schon tanzte Gospoditsch den schrecklichen Tanz zwischen Himmel und Erde.

»Machst Du jetzt auch noch verliebte Augen auf mich?« rief Milada lachend, »was?«

»Bete lieber ein Vaterunser für seine arme Seele«, sagte Barbara.

Sie sprachen Beide ein kurzes Gebet, bekreuzten sich und verließen die schreckliche Stätte.

Noch einige Augenblicke und der Schlitten flog auf der Schneefläche dahin.

Gospoditsch hing wieder an derselben Stelle, wo ihn der Henker aufgehängt hatte und diesmal schnitt ihn Niemand ab.

Die Leute in Zagorien sagten, er sei sogar dem Teufel zu schlecht gewesen und so habe ihn dieser eines Tages wieder zurückgebracht, zur Freude der Raben, die sich lange genug an ihm belustigten.

Ein Mord in den Karpathen

Auf einem hohen Felsen, mitten im Urwalde hundertjähriger Tannen, liegt in den galizischen Karpathen das Schloß Tarow, zu der Zeit, wo unsere Geschichte spielt, der Familie der Grafen Tarowski gehörig. Eine eigenthümliche, melancholische Poesie umwebt das alte Starostennest, in welchem hoch oben in den runden Thürmen Raben, Falken und Eulen wohnen und die Luft mit ihrem unmelodischen Geschrei erfüllen, während unten in den weiten Prunkgemächern, wie das Volk behauptet, der alte eifersüchtige Graf seine junge und schöne Gemahlin gefangen hält und durch große Rüden, welche jeden, der dem Schlosse naht, zu zerreißen drohen, bewachen läßt.

Ein Körnlein Wahrheit ist übrigens in der Geschichte. Graf Thadeus Tarowski hat in zweiter Ehe ein Mädchen aus einer verarmten Adelsfamilie Volhyniens heimgeführt. Lodoiska von Kaminski, eine Schönheit ersten Ranges, zwanzig Jahre alt, während er selbst über sechzig zählt. Der Abstand des Alters mag dem menschenfeindlichen Greise Mißtrauen einflößen, er hat sich bald nach seiner Vermählung aus dem lärmenden Leben der Hauptstadt auf sein einsames Stammschloß zurückgezogen, in eine Gegend, welche außer von Bären und Wölfen nur hie und da von einem Wildschützen und Schmuggler betreten wird. Hier umgiebt er sein angebetetes Weib mit allem Luxus der modernen Welt, mit aller Pracht des Orients; Diener und Dienerinnen, stumm, demüthig und folgsam wie türkische Sklaven, bedienen sie, aber Niemand als er selbst darf ihr Gesellschaft leisten, das Wort an sie richten.

Nur wenn der alte Graf für einige Tage in Geschäftsangelegenheiten das Schloß verläßt, erweitern sich die Wände ihres Kerkers. Dann besteigt Lodoiska ihren ukrainischen Renner und sprengt in die Ebene, wo hie und da vereinzelte Hütten armer Landleute liegen, und ist zufrieden, wenn sie einem Hirten begegnet, der seine Schafe zur Weide treibt, oder sie wirft, gleich allen Polinnen eine Amazone, die Jagdflinte um die Schulter, durchstreift den wilden Forst und sendet das tödtliche Blei hier einem Geier, dort einer Wildkatze zu, und selten fehlt sie, denn sie hat ein Auge wie ein Adler und eine ruhige feste Hand, jene Hand, welche berufen ist, zu leben, zu herrschen, zu unterjochen.

Auch heute ist sie allein. Der alte Graf ist zur nächsten Eisenbahnstation gefahren, um seinen Sohn aus erster Ehe, *Leon*, zu erwarten, welcher in Wien studirt und seit der Wiedervermählung seines Vaters dem Elternhause ferne geblieben ist. Lodoiska verläßt, sobald die Staubwolke, welche seinem leichten Wagen folgt, sich zwischen den Wänden grünen Nadelholzes zu beiden Seiten des Weges verloren hat, das Schloß und eilt hinab, wo sie freie Luft athmen, wo sie Menschen sehen kann.

Zu gleicher Zeit schreitet ein junger schöner Mann in polnischer Tracht, nur einen leichten Spazierstock in der Hand, durch den finsteren Hochwald, sich von Zeit zu Zeit an dem Pochen eines Spechtes oder den tollen Sprüngen eines Eichhörnchens ergötzend. Plötzlich schallt wildes Gebelle, die Zweige brechen in der Nähe und zwei riesige graue Wolfshunde, den borstigen Rücken gleich Hyänen gesträubt, stürzen auf ihn los. Vergebens sucht er sie durch Zuruf, durch die leichten Hiebe seines Stöckchens abzuhalten, im Momente ist er von ihnen zu Boden gerissen – der Eine steht auf ihm mit funkelnden Augen und droht ihn zu zerreißen.

Da theilen sich nochmals die Zweige, ein junges, dämonisch schönes Weib tritt hervor und ruft die Hunde zurück, welche der hellen gebietenden Stimme sofort gehorchen. Der junge Mann kann sich aufrichten und hat, während sich die Jägerin bei ihm entschuldigt, Zeit, dieselbe zu betrachten.

Es ist eine hohe schlanke Gestalt, welche vor ihm steht, frei, unerschrocken, gebieterisch, sie trägt einen kurzen Seidenrock, welcher ihre kleinen Füße sehen läßt, und eine Kazabaika von Sammt. Ihre Hand schwingt eine Hetzpeitsche, unter der koketten Mütze quellen reiche blonde Locken hervor und umrahmen das reizende Gesicht, dem ein niedliches Stumpfnäschen den Ausdruck von Trotz und Herrschsucht verleiht, während die halbgeschlossenen blauen Augen milde, hold, ja schwärmerisch blicken.

»Schöne Frau, Fee, wilde Jägerin!« rief der junge Mann, »ich danke Ihnen mein Leben! Ohne zu ahnen, wer Sie sind, werde ich doch kaum irren, wenn ich in Ihnen die Gebieterin dieses Waldgebietes grüße.«

»Ich bin die Gräfin Tarowski«, erwiederte das schöne, stolze Weib, den Jüngling seltsam mit den Augen prüfend.

»Die Gräfin Tarowski – des Grafen Thadeus Frau?« schrie er auf.

»Ja – was ist denn da Entsetzliches dabei?« spottete Lodoiska.

»Sie sind also – ich kann es nicht fassen«, stammelte der junge Mann, »Sie sind – meine Mutter!«

»Leon –?!«

»Ja, ich bin Leon Graf Tarowski, Ihr Stiefsohn.«

Lodoiska bot ihm nun freundlich die Hand, welche er mehrmals leidenschaftlich küßte.

»Leon – was thun Sie?« flüsterte die schöne Frau, während ihr zugleich das Blut in die Wangen schoß.

»Ich grüße Sie als meine Mutter«, rief Leon; »nun aber führen Sie mich zu meinem Vater. Ich bin auf Seitenwegen hierher geeilt, um ihn zu überraschen, aber Ihre wilden Begleiter haben meinen Plan durchkreuzt.«

»Kommen Sie also«, sprach Lodoiska. Sie legte ihren Arm in den seinen und sie stiegen langsam zwischen Felsen und düsteren Tannen zum Schlosse empor.

Hier fanden sie den alten Grafen, welcher, nachdem er von dem Diener seines Sohnes erfahren, daß derselbe seinem Gepäcke vorausgeeilt war, auf der Stelle den Heimweg angetreten hatte.

Vater und Sohn begrüßten sich auf das Zärtlichste und der alte Magnat richtete seinen Leon, seinen Einzigen, seinen Heißgeliebten dann in dem linken Flügel des Schlosses ein, während er selbst mit seinem Weibe, den rechten bewohnte.

Wie überall, brachte auch auf dem einsamen Karpathenschlosse die Ankunft eines neuen Gastes und Familienmitgliedes für einige Zeit Leben, Bewegung und Frohsinn in den kleinen Kreis. Nur zu bald aber war der Unterhaltungsstoff, den Leon aus der Fremde mitgebracht, erschöpft, und die Stunden, die Tage begannen wieder träge und einförmig dahinzuschleichen.

Aber die schöne Schloßherrin schien diesmal entschlossen, der Langenweile nicht so ohne Weiteres das Feld zu räumen. Sie suchte nach irgend einem Spiele, um sich die Zeit zu vertreiben, und griff nach dem gefährlichsten, nach einem – Roman, und nicht etwa nach einem gedruckten, nein, sie begann selbst einen solchen und machte sich zur Heldin und Leon zum Helden desselben...

Lodoiska, welche bisher gleich einer Nonne gelebt, entpuppte sich plötzlich als vollendete Kokette, und so fein, so vorsichtig warf sie ihre Schlingen, daß ihr Gemahl dieselben nicht bemerkte und Leon selbst gefangen war, ehe er es ahnte, ja von der Einbildung getäuscht wurde, er habe aus sich selbst eine verzehrende Leidenschaft zu seiner Stiefmutter gefaßt, ohne daß Lodoiska ihn ermuntert habe. Der edle junge Mann wehrte sich tapfer gegen das Gefühl, das ihn stündlich zu übermannen drohte, er begann seiner schönen Mutter auszuweichen – aber es wurde ihr leicht, ihn auf dem kleinen Terrain, das sie Alle vereinigte, immer wieder aufzusuchen, ohne daß er nur geahnt hätte, daß in ihrem Benehmen eine Absicht lag. Leon wurde bleich und still, er litt unnennbare Qualen, aber er hatte noch immer volle Gewalt über sich. Da geschah es, daß sein Vater zur Kreisstadt fuhr, für mehrere Tage.

Leon wollte ihn begleiten, aber die kokette Frau gab es nicht zu, sie verlangte ausdrücklich, er sollte bleiben, um ihr Gesellschaft zu leisten. Der alte Graf war unvorsichtig genug, es ihm förmlich zu befehlen. Nun waren sie Beide verloren.

Gleich am ersten Abend, wo Leon mit seiner Stiefmutter beisammen war, sollte das stolze Gebäude seiner Grundsätze zusammenbrechen.

»Wir wollen zusammen lesen«, schlug das schöne berauschende Weib scheinbar unbefangen vor.

Leon ging, um einen neuen französischen Roman herbeizuholen. Als er wieder bei ihr eintrat, lag Lodoiska in einem reizenden Negligée mit halbaufgelöstem Haare auf einem Divan. Sie reichte ihm die kleine, kalte, bebende Hand und er führte sie heftig an seine Lippen, dann faßte er sich wieder und versuchte sich zu bezwingen, aber sie ließ ihm keine Zeit dazu.

»Du bleibst doch den Winter bei uns, Leon?« begann sie.

»Nein, ich will im Gegentheil so bald als möglich fort«, erwiederte er.

»Fort!« rief Lodoiska, »Du könntest uns verlassen, Du kannst Dir denken, ohne uns – ohne mich zu sein…Sieh, ich liebe Dich also mehr, als Du mich liebst, denn ich kann den Gedanken nicht fassen, ohne Dich zu sein!«

»Du bist zu gütig«, erwiederte Leon mit einem schmerzlichen Lächeln, »aber ich muß gehen, ich muß; glaube es mir, ich gehe nur, weil ich Dich liebe, weil ich Dich zu sehr liebe, und mit einer ganz anderen Liebe, als Du mich liebst.«

»Leon!« schrie Lodoiska auf, »Du – Du liebst mich?«

»O! ich bin der unseligste elendeste Mensch«, stammelte Leon, »ich liebe Dich und muß Dich fliehen, Dich, die ich anbete, ohne die ich nicht mehr leben kann. Laß mich sterben, auf der Stelle, hier zu Deinen Füßen!«

Er warf sich vor ihr auf die Kniee und preßte seine heißen Lippen auf den Saum ihres Gewandes.

Aber dies schon schien die stolze Frau zu beleidigen. Sie stieß ihn heftig mit dem Fuße von sich, wie man Hunde von sich stößt, und erhob sich. »Du sprichst von Empfindungen, welche mich verletzen, erzürnen«, sagte sie kalt, »verlasse mich auf der Stelle!«

Die Kokette hätte diesen grausamen Befehl nicht so ruhig ausgesprochen, wenn sie geahnt hätte, daß Leon gehorchen würde; sie erwartete einen neuen, heftigeren Sturm, während er, innerlich gebrochen, aufstand, sich demüthig vor ihr verneigte und dann das Gemach verließ.

Sie blieb allein und stampfte zornig mit dem Fuße, dann ging sie mit großen heftigen Schritten auf und ab und endlich setzte sie sich an das Klavier und begann zu phantasiren. Nach einer Weile aber, wie von einer Ahnung ergriffen, eilte sie an das Fenster und blickte hinaus in den von Mondsichel und Sternen halb erleuchteten Garten, dann warf sie rasch eine Mantille um und ging hinab.

Leon stand an eine alte Linde gelehnt und blickte in den Sturzbach, welcher ruhelos, gleich ihm, zur Ebene hinab toste. Da legte sich eine kleine Hand sanft auf seine Schulter, er zuckte, wie von einem elektrischen Schlage getroffen, unter der Berührung dieser Hand zusammen und preßte sie im nächsten Augenblicke an seine stummen Lippen, an seine nassen Augen.

Was die Beiden zusammen sprachen in jener sternenhellen Nacht in dem schweigenden Schloßgarten, Niemand hörte, Niemand ahnte es, aber Leon zeigte sich fortan finster, bekümmert, und aus seinem Auge blitzte die Resignation der Verzweiflung.

Der alte Graf kehrte zurück.

Leon theilte ihm mit, daß er Schloß Tarow in drei Tagen verlassen wolle. Vergebens suchte ihn sein Vater zurückzuhalten, vergebens vereinigte die schöne Stiefmutter ihre Bitten mit den seinen; der Sohn ließ sich in seinem Entschlusse nicht wankend machen.

»Ehe Du gehst«, sagte nun der Vater, »will ich Dir mein Testament zeigen; ich bin alt, Gott weiß, ob wir uns noch einmal sehen, ehe ich sterbe.« Er nahm das Dokument hierauf aus seinem Schreibtisch und zeigte es seinem Sohne.

Als dieser das Zimmer seines Vaters verließ, traf er Lodoiska, und es war kein Zufall, daß er sie traf. »Hast Du ihn bestimmt, ein Testament zu machen?« fragte sie rasch. »Es hat meiner Aufforderung nicht bedurft«, entgegnete Leon, »es ist fertig.«

»Und? –«

»Wir sind seine Erben.«

Es zuckte seltsam im Auge des jungen schönen Weibes auf, aber Leon, der dieses Weib anbetete, dem es bald ein Engel, bald wie ein Dämon erschien, bemerkte es nicht.

Ehe der Sohn abreiste, wünschte der Vater ihn einmal auf die Treibjagd zu führen. Der erste Schnee war gefallen, Bär und Wolf kamen aus dem Hochgebirge herab und versprachen die höchste Waidmannslust. An einem hellen Wintermorgen brachen sie auf. Lodoiska begleitete sie. Als die Jäger angestellt wurden, wünschte die kühne Amazone für sich allein einen Stand einzunehmen, aber der alte Graf gab es nicht zu und wollte an ihrer Seite bleiben, während Leon etwa zweihundert Schritte weit von ihnen Posto fassen sollte. Die Drei gingen, sich von dem übrigen Gefolge sondernd, vom Wege ab durch das Dickicht.

Die Jagd begann. Man hörte schon das Geheul der Treiber – da fiel etwas vorzeitig ein Schuß und bald darauf ertönten aus der Richtung, in welcher das gräfliche Paar sich aufgestellt hatte, Hilferufe. Der Förster eilte hin, andere Jäger folgten, sie fanden den alten Grafen mit einer Wunde von der rechten Seite her mitten durch die Brust, todt in seinem Blute schwimmend, die Gräfin verzweifelt, halb ohnmächtig auf seiner Leiche zusammengesunken. Noch war sie unfähig zu sprechen, zu erklären, was geschehen war. Jetzt kam auch Leon herbei, bleich, verstört, keines Wortes mächtig, blickte er auf den Todten.

Erst im Schlosse, wohin man Lodoiska halb mit Gewalt brachte, erfuhr man aus ihrem Munde, daß dem Grafen, als er, die Büchse in der Hand, sich durch das Gebüsch Bahn gebrochen habe, das Gewehr dadurch losgegangen sei, daß der Hahn sich an einem Zweige fing und auf- und zurückschnappte; der Graf sei auf der Stelle todt zusammengestürzt. Anfangs schien der Vorfall Allen nichts weiter als ein furchtbares Unglück; als aber Leon, nachdem er die Nacht in dem Gemache der Gräfin zugebracht und, wie die Dienstleute behaupteten, eifrig mit ihr gestritten habe, am nächsten Morgen plötzlich abreiste, begannen sich Mißtrauen und Verdacht zu regen und steigerten sich noch, als man erfuhr, daß der Sohn über den gewaltsamen, plötzlichen Tod des Vaters in Tiefsinn verfallen und in ein Kloster getreten sei. Lodoiska dagegen tröstete sich auffallend rasch. Leon hatte dem väterlichen Erbe entsagt. Sie war jetzt die Herrin der ausgedehnten Güter der Familie Tarowski und im Besitze eines imposanten Vermögens. Ehe noch das Trauerjahr zu Ende war, reiste sie nach Paris und stürzte sich dort in den vollen wilden Strom des Lebens.

Aber nicht zu lange war es ihr gegönnt, die Frucht ihrer That zu genießen. Aus dem Tiefsinn Leon's wurde bald vollkommener Wahnsinn. Er starb etwa ein Jahr nach dem blutigen Ende des alten Grafen; ehe er starb, kam er jedoch für wenige Stunden zu sich und klagte sich offen als den *Mörder seines Vaters* an. Lodoiska hatte ihn zu der That verführt, ihre Hand als den Preis derselben verheißen – aber schon in der Nacht nach dem Morde war sein Gewissen erwacht und er haßte das schreckliche Weib, das ihn zu dem Frevel getrieben.

Lodoiska Gräfin Tarowski wurde auf jene Enthüllung hin in Paris verhaftet. Aber sie war auf diese Katastrophe gefaßt, denn in dem Augenblick, wo der Polizeibeamte ihr Schlafgemach betrat, stieß sie ein gellendes dämonisches Lachen, das Lachen der Verdammten, aus und stürzte dann zu Boden. Sie hatte Gift genommen.

Das Todesurtheil einer Frau

In einem Gebirgslande lebten in einem stillen Bergwinkel zwei Nachbarfamilien auf ihren Gütern in guter Freundschaft und freundlichem Verkehre, obwohl die Verhältnisse derselben sehr verschieden waren. Die eine nämlich, welche wir Zoller nennen, war durch unsinnige Spekulationen und schlechte, verschwenderische Wirthschaft ihres Hauptes in materieller Beziehung stark heruntergekommen, von vier hübschen Besitzungen waren drei im Laufe der Jahre verkauft worden und die letzte, unansehnlichste, ziemlich verschuldet und überdieß noch verwahrlost. Zum Ueberflusse war dem Hause auch ein reicher Kindersegen zu Theil geworden, und es liefen drei eben so schöne als wilde Mädchen in dem Wirthschaftshofe und auf den mit Gras bewachsenen Wegen des weitläufigen Gartens umher, und vier kleine Zoller balgten sich barhaupt und bloßfüßig mit den Bauernbuben um die Wette. Ganz anders sah es bei dem Nachbarn aus. Herr von Kronenberg besaß eines der größten Güter der Provinz und verwaltete es mit lobenswerther Umsicht. In dem hübschen, im Zopfstyl erbauten Schlosse, welches von einem Hügel herab in die Landschaft blickte, herrschte ein gewisser feiner Luxus, ohne daß deshalb das Erträgniß des Kronberg'schen Eigenthums je vollkommen in Anspruch genommen worden wäre. Der alte Herr sparte sich ein hübsches Kapital zusammen, obwohl er nur einen einzigen Sohn hatte, der, den Traditionen der Familie entgegen, der Landwirtschaft den Rücken kehrte und sich der Diplomatie gewidmet hatte. Einst der Spielkamerad der zwei ältesten Fräulein Zoller, war er seit Jahren im Orient gewesen und kehrte jetzt plötzlich krank in das Elternhaus zurück, um in der heimathlichen Luft und der Pflege der Mutter bald zu genesen. In den ersten Wochen hatte er Niemanden gesehen, kaum hatte er sich aber so weit erholt, daß er das Zimmer verlassen und in dem schönen Schloßpark spazieren gehen konnte, ließ er eines Tages anspannen und fuhr zu den Zollers hinüber, um seine Jugendfreundinnen zu begrüßen. Als der elegante, offene Wagen vor dem wurmstichigen Thore des kleinen Gutshofes hielt, eilten zwei kleine Mädchen mit dunklen Zöpfen und Augen herbei, um Robert von Kronenberg mit ihren hellen Stimmen zu begrüßen und ihm ihre frischen, vollen Lippen zum Kusse darzubieten. Langsam, mit der ruhigen Hoheit einer gebietenden Frau, kam die dritte der jungen Damen, die älteste, dem einstigen Spielkameraden entgegen und bot ihm treuherzig die Hand; und Robert war von der holden Erscheinung im ersten Augenblicke so ergriffen, daß er nur die kleine Hand ein wenig zu drücken wagte und der schönen Leonore lange sprachlos in die blauen seelenvollen Augen sah. Das übermüthige Kind, mit dem er sich so toll herumgetrieben, das gleich ihm kühn über Hecken und Gräben gesprungen war, stand als hochgewachsene Jungfrau, das anmuthige Gesichtchen von hellblondem Haare lieblich eingefaßt, stolz und sittsam vor ihm und lächelte doch zugleich so innig mit den ihm wohlbekannten, treuen Kinderaugen.

»Und von Dir, Leonore«, sagte er endlich, »bekomme ich keinen Kuß?« Das holde Mädchen erröthete und trat einen Schritt zurück. »Die Eltern werden sich sehr freuen, Dich zu sehen«, sagte sie, das war die ganze Antwort. Sie gingen zusammen in das Haus, Herr Zoller und seine Frau schlossen Robert herzlich an ihre Brust, die beiden andern Mädchen zerrten hierauf den »Türken«, wie sie Robert nannten, in den Garten und begannen ihn zu necken und sich mit ihm herumzutreiben, aber Leonore blieb still und stand nur bei Seite und ließ ihre großen und ausdrucksvollen Augen auf dem Jugendfreunde haften, der ihr so ganz verändert schien, so groß und schön, und weltgewandt und männlich, und am besten gefiel ihr, daß er so von der Sonne verbrannt war.

Robert, dessen Herz nicht weniger von den Flammenaugen der schönen Georgierinnen und Griechinnen versengt worden war, fühlte in der Nähe des sanften, blonden, deutschen Mädchens auch in seiner Seele sich etwas wie Genesung vollziehen, er kam täglich, er lebte endlich förmlich mit dem Hause Zoller, er half den Mädchen Vormittags im Garten und in der Küche, er ging mit ihnen in den Stall, in die Milchkammer, er speiste bei Zoller und führte nach dem Essen die ganze wilde Bande der Zoller'schen Kinder durch Felder und Hochwald weit in das Gebirge hinein, oder ritt mit Leonore aus.

Bald wußte es die ganze Umgebung, daß Robert von Kronenberg Fräulein Leonore Zoller liebte und daß sie ihn wieder liebte, nur die Beiden schienen es nicht zu wissen, wenigstens hatten sie sich es noch nicht gesagt.

Es kam die Stunde, wo der »Türke« das stolze Mädchen allein traf im Garten, sie nahm Blumenkohl aus, eine sehr prosaische Situation, aber ihm gefiel sie in ihrer weißen Latzschürze besser als die Odalisken in ihren goldgestickten Kaftanen, und er ergriff ihre Hand und gestand ihr, was er auf dem Herzen hatte.

Sie hörte ihn ruhig an, dann sagte sie ihm, daß sie ihn liebe, daß er der erste Mann sei, dem ihr Herz gehöre, und der letzte, dem es gehören werde, aber sie glaube nicht, daß eine Verbindung möglich sei; sie schilderte ihm mit rückhaltloser Offenheit die mißlichen Verhältnisse ihrer Eltern und schloß damit, daß sie sich als ein *armes* Mädchen bezeichnete. Robert schwur, daß ihm dies gleichgültig sei, er erklärte, daß er als der einzige Erbe reicher Eltern nicht im Entferntesten daran denke, eine Parthie im Sinne der Welt zu machen, er suche ein braves Weib, das er achten, das er lieben könne, dies habe er in ihr gefunden und zugleich das höchste Glück, das es für ihn auf Erden gebe.

Er zog Leonore sanft an seine Brust. Sie gehörte ihm.

Wochen, Monate vergingen den Liebenden im süßen Taumel, Leonore nahm in ihrem reinen unschuldigen Herzen keinen Anstand, Robert Zusammenkünfte ohne Zeugen zu gewähren, welche im Walde bei einem Felsen, welcher die grünen Wipfel der Tannen hoch überragte, stattfanden. Als der erste Schnee sie vertrieb, ging das ahnungslose Mädchen in seinem Vertrauen noch weiter, es öffnete auf Roberts Drängen ihm Nachts das Fenster und warf eine Strickleiter hinab, welche es am Fensterkreuz befestigt hatte.

So verging der Winter, Leonore erwartete von Tag zu Tag, von Monat zu Monat, daß Robert sich ihren Eltern erkläre, daß er um ihre Hand anhalten würde. Vergebens. Je zarter sie sich in dieser Angelegenheit zeigte, um so mehr schien Robert seine Absichten zu vergessen.

Und als sie ihn endlich unter Erröthen und Thränen zu erinnern wagte, begann er zerstreut und verdrießlich zu werden und seine Besuche wurden seltener.

Es war im Frühjahre, als Leonore, die sanfte, verschämte Leonore, im Schloß Kronenberg erschien und plötzlich in Roberts Zimmer stand. »Du kommst nicht mehr zu mir«, begann sie mit einem höhnischen Lächeln, »ich bin also gezwungen, zu Dir zu kommen. Übrigens wird mein Besuch sehr kurz sein. Ich habe Dir nur eine Mittheilung zu machen« – hier stockte sie – »ich fühle mich Mutter.«

Robert erblaßte.

»Du weißt wohl als Mann von Ehre, was Du jetzt zu thun hast«, fügte das tiefgekränkte Mädchen hinzu. Robert trat an das Fenster und schwieg. Er war Leonorens müde, aber in diesem Augenblicke trat die Schuld, welche er ihr gegenüber auf sein Gewissen geladen hatte, so lebhaft vor seine Seele, daß er keine Worte fand. Leonore verließ ihn hierauf, und als sie am nächsten Tage eine vertraute Dienerin zu ihm sandte, war er nach der Residenz gefahren. Von dort schrieb er ihr, er sei abgereist, um seine Angelegenheiten zu ordnen, er werde seine Pflicht gegen sie zu erfüllen wissen. Er schrieb noch einmal, dann nicht mehr.

Leonore hatte lange genug gezweifelt, gelitten, geschwiegen, jetzt kam auf einmal eine unglaubliche Thatkraft über das bescheidene, sanfte Mädchen. Sie verkaufte heimlich ihren Schmuck und reiste ohne Wissen ihrer Eltern ihrem Verführer nach. In der Residenz traf sie ihn mitten unter seinen Freunden, von einer Orgie zur andern eilend, und stellte ihn zur Rede, sie verlangte Nichts mehr als ihr Recht, sie mahnte ihn an sein Wort und als er Ausflüchte nahm und seine Eltern vorschützte, schrieb sie an diese und setzte ihnen Alles auseinander, ihre Unschuld, seine Verführung, ihre Leiden, ihre verzweifelte Lage, aber ohne Erfolg. Sie bekam statt des Trostes, den sie erwartete, nur Anklagen und Vorwürfe zur Antwort, ja der Vater Roberts ging so weit, ihr die unwürdigste Spekulation zuzumuthen, sie habe seinen Sohn durch ihre Koketterie umgarnt, schrieb er, und sich ihm nur in der Absicht hingegeben, ihn dadurch zu einer Heirath zu zwingen und auf diese unerlaubte Weise sich einen reichen Gatten zu erobern.

Zugleich erfuhr sie, daß Robert die Bekanntschaft einer eleganten, schönen Frau, der Wittwe eines sehr reichen Fabrikanten, gemacht habe, und im Begriffe sei, derselben seine Hand zu reichen. Leonore überwand nun den letzten Rest von Scheu und Schamhaftigkeit und ging zu ihrer Nebenbuhlerin, welche sie in sichtlicher Verlegenheit empfing. Das arme, geängstigte Mädchen öffnete der Frau, welche im Begriffe war, ihr zugleich Glück und Ehre zu rauben, ihr ganzes Herz, sie bat, sie beschwor, sie drohte, aber sie fand statt der erwarteten Theilnahme nur kühle Entschuldigungen. »Sie lieben Robert und sehen durch ihn Ihre Ehre in Gefahr«, sagte die reiche Wittwe endlich, »nun auch ich liebe ihn, und auch ich bin kompromittirt, wenn er sich jetzt zurückzieht. Sie sehen, wir stehen ganz gleich, und ich bin durchaus nicht die Frau, mein Recht und meinen Vortheil aufzugeben.«

Mit gebrochenen Knieen wankte Leonore die Treppe hinab. Noch einmal ging sie zu Robert, aber sie fand seine Thüre geschlossen.

Resignirt, dem Leben, seinen Freuden und seiner Schönheit den Rücken kehrend, auf das Ärgste gefaßt, kam sie nach Hause zurück und eröffnete den Ihren ohne jede Erregung, beinahe kalt, was sich mit ihr zugetragen, ihr Unglück und ihr Schicksal. Die Liebe der Eltern half ihr über die traurige Katastrophe hinweg. Sie wurde Mutter. Die Verwandten, die Freunde, die Nachbarn wendeten sich von dem gefallenen Mädchen ab. Das sonst so gesellige, heitere Haus glich einem Kloster. Niemand kam, Niemand ging aus demselben hinaus.

Leonore trug stumm, was ihre Schuld so gut war wie die Roberts, sie klagte nicht, sie weinte nicht, sie verbarg sich nur, und sie brütete, aber kein Mensch ahnte, worüber sie brütete. Sie sah sich ausgestoßen aus der Gesellschaft, der Schande preisgegeben, gebrandmarkt, dies konnte die stolze Seele dieses Weibes nicht für die Dauer ertragen.

Zu seinem Unglück kehrte Robert nach Kronenberg zurück. Er kam mit seiner Braut, um sie den Eltern vorzustellen, und der eitle Mann begnügte sich nicht damit; er mußte sich an der Seite der schönen Frau der Welt zeigen, sie fuhr mit ihm im Phaeton, selbst die Pferde lenkend in extravaganter Toilette, zu den Nachbarn, oder galoppirte mit ihm durch die Felder. So geschah es, daß sie einmal ein bleiches junges Weib trafen, das, als es sie erblickte, sich bebend hinter einem Baume verbarg. Dieses Weib, dem die Thränen der Empörung und der Wuth über die verhärmten Wangen herabflossen und das die geballten Fäuste drohend gen Himmel hob, war Leonore.

Den nächsten Tag erhielt Robert das folgende Billet von ihr: »Ich habe sie gesehen, die Du liebst, die Deine Frau wird. Ich begreife vollkommen, daß ein armes Geschöpf wie ich vor einer so strahlenden Schönheit zurückstehen muß, ich bin nicht einmal eines Neides fähig. Ich wünsche Dir und ihr das höchste Glück auf Erden und für mich nichts weiter als eine letzte Unterredung mit Dir, welche Du mir nicht verweigern kannst. Ich will Abschied nehmen von Dir! Deine – Leonore.«

Robert glaubte diesen seltsamen Zeilen. Während er sich selbst der unedelsten Handlungsweise einem Mädchen gegenüber anklagen mußte, das ihm Alles geopfert, hielt er es für möglich, daß dasselbe Mädchen seine Infamieen mit Segenswünschen vergelten könne. Verblendet von einem maßlosen Eigendünkel, sagte er Leonoren die verlangte Zusammenkunft zu und wählte für dieselbe den Felsen im Walde bei dem sie ihre ersten Rendezvous gehabt hatten.

Es war ein trauriges Wiedersehen. Leonore saß, als Robert kam, das Haupt in die Hände gestützt, auf einem Stein und erhob langsam das große Auge zu ihm. Der treulose Mann erschrak vor dem finstern, entschlossenen Ausdruck dieses Auges und eine böse Ahnung überkam ihn.

»Was willst Du, Leonore?« begann er.

»Abschied nehmen –« sagte sie kalt.

»Ich habe Dir wehe, ich habe Dir Unrecht gethan«, fuhr er fort.

»Von Recht ist zwischen uns nicht die Rede«, fiel Leonore ein, indem sie sich stolz und drohend erhob, »Du hast mich verführt, entehrt. Willst Du das gut machen?«

»Wie soll ich?« stammelte Robert.

»Ich frage Dich zum letzten Male«, rief Leonore »willst Du mein Gatte werden?«

»Ich kann nicht, Leonore.«

»Gut. Dann bin ich gezwungen, selbst meine Ehre herzustellen, oder wenn ich dies nicht kann, Rache an Dir zu nehmen«, sprach das tief beleidigte junge Weib, indem es zugleich zwei Pistolen hervorzog und die eine ihrem Verführer vor die Füße warf.

»Was beginnst Du?« rief er erschreckt.

»Ich nehme für mich dasselbe Recht in Anspruch, das der Mann hat, um seine verlorene Ehre herzustellen. Schieße Du zuerst, denn ich will meines Schusses sicher sein.«

»Du willst mich morden?«

»Ist Derjenige, der seinem Feinde die Waffe zur Vertheidigung in die Hand giebt, ein Mörder?« fragte sie empört. »Schieß!«

»Nein, ich schieße nicht«, erwiederte Robert, am ganzen Leibe bebend.

»Dann bereite Dich zum Tode«, sagte Leonore kalt.

»Du wärst im Stande –« schrie er.

»Ich tödte Dich, verlaß Dich darauf«, entgegnete sie, spannte den Hahn der Pistole und richtete die Mündung auf ihn.

Halb instinktiv ergriff Robert in diesem Augenblicke die Waffe, die zu seinen Füßen lag, und indem er mit derselben Leonore abzuwehren suchte, wich er einige Schritte zurück.

»Versuche nicht zu entfliehen«, rief sie, »ich schieße Dich nieder, sobald Du Dich noch einen Schritt weiter bewegst.«

»Leonore!« flehte der Verführer.

»Schieß!«

Er senkte den Lauf der Pistole. Da trat sie rasch auf ihn zu und murmelte: »Bete!« – und jetzt in der Todesangst schoß er, aber er traf sie nicht.

»Nun bist Du in meiner Hand«, sagte sie, »ich halte Gericht über Dich und verurtheile Dich zum Tode. Bete!«

Er versuchte mit einer raschen, wahnsinnigen Bewegung ihr die Pistole zu entreißen; in demselben Augenblick traf ihn die Kugel. Er sank lautlos zu Boden.

Sie verschwand nach der That.

Man behauptete in der Gegend, sie habe sich in den Fluß gestürzt; nach anderen Nachrichten soll sie unter fremdem Namen jenseits des Ozeans leben, geachtet und geliebt.

Im Venusberg

Es ist nicht lange her, daß ich in Wien die Bekanntschaft eines Malers machte, recht zufällig und doch nicht ohne Absicht von meiner Seite. Wir tranken seit Monaten unseren Nachmittagskaffee an demselben Tisch und lasen unsere Zeitungen Rücken gegen Rücken. Der bleiche junge Mann mit dem kurzen, krausen, schwarzen Haare, den großen düster brennenden dunklen Augen zog mich an, ganz besonders interessirte mich der schwermüthige Zug von Fatalismus in seinem beinahe schönen Gesichte, er schien mir einer von Jenen, die ihr Unheil, ihr Schicksal mit sich herumtragen in der eigenen Brust und welche stumm resignirt den Kampf dagegen aufgegeben haben.

Ein recht apartes Bild in den fliegenden Blättern vermittelte unsere Annäherung, es war dies eine abscheuliche Äffin in der bekannten Atitude der hehren Göttin der Tribuna mit der Unterschrift: Das Urbild der medicäischen Venus nach Karl Vogt.

So sehr das Bild mein Gefühl, meine Sinne beleidigte, ich mußte doch dabei laut auflachen. Mein Nachbar wurde aufmerksam. Ich legte das Blatt vor ihm auf den Tisch, er ergriff es hastig, warf einen Blick auf dasselbe und schleuderte es eben so hastig von sich.

»Wie können Sie über so etwas lachen«, sagte er beleidigt.

»Es mag infam sein«, erwiderte ich, »aber es ist unwiderstehlich komisch.«

»Ich kann über nichts lachen, was mir heilig ist«, warf er hin, »man mag Alles karrikiren, was ein thörichter Wahn mit dem Strahlenkranze umkleidet hat, nur nicht das Heiligste, was es überhaupt gibt, die Liebe, das Weib als Symbol der Menschheit, als das Mysterium des Daseins.«

So waren wir bekannt geworden und bald vertraut.

Es dauerte nicht lange, so lud er mich ein, ihn in seinem Atelier zu besuchen, oder besser gesagt in der Dachstube, in welcher seine Staffelei stand und ein paar angefangene Bilder hingen.

»Heute sollen Sie eine andere Venus sehen«, sagte er, nachdem ich alle seine Mappen und Skizzenbücher durchgestöbert hatte. Er sperrte die Thüre, öffnete einen Wandschrank und nahm eine Leinwand heraus, welche er von mir abgekehrt hielt und vorsichtig auf die Staffelei stellte. Er blieb vor ihr stehen und versank in ihre Betrachtung so vollständig, daß er die Welt und mich ganz vergessen zu haben schien.

»Eine Venus?« sagte ich, in der Absicht, ihn aus seinem Traum zu wecken.

Er schrak zusammen, sah mich an, wie Einer der nicht bei sich ist, und lächelte endlich.

Dann winkte er mir, vor das Bild zu treten.

Ich gehorchte und stand sprachlos.

Die Szene, welche in kühner Zeichnung, herrlicher Farbenpracht aus der Leinwand quoll, gewann Leben vor mir, und ich begann etwas wie Angst zu fühlen vor dem teuflisch holden Weibe, das sich auf seinem Lager aufgerichtet hatte, um den geliebten Mann, der ihr entfliehen wollte, von Neuem zu berücken, von Neuem in ihren goldweichen Locken zu fangen, ich erschrak bis in das Innerste meiner Seele vor diesen wunderbaren pompejanischen Formen, vor diesen sanften, verzehrenden dunklen Augen, welche unter halbgeschlossenen Lidern hervorblitzten, vor diesem kleinen halboffenen Munde mit den kleinen weißen Zähnen, vor diesem siegreichen Lächeln, das ihn umspielte, ich fühlte selbst die seidene Haarschlinge um den Hals, mit welcher sie den Tannhäuser zu erwürgen drohte.

»So ein Bild« sagte ich endlich, »kann nur Einer malen, der selbst im Venusberge war.«

Der bleiche Maler nickte. »Ich war im Venusberge«, erwiderte er traurig, »und dort habe ich es gemalt. Das Bild ist mein, ich gebe es Niemand. Ich gebe es nicht um diese Erde!« – Er nahm es hastig und verbarg es wieder.

»Kennen Sie sie?« fragte er nach einiger Zeit.

»Nein«, erwiderte ich, »lebt dieses Weib?«

Statt einer Antwort schlug der Maler ein großes Photographien-Album auf und hielt es mir hin. Es war dieselbe schöne blonde Frau wie auf seinem Gemälde, aber in einer weißen Sommerrobe, einen mit Rosen geschmückten Strohhut in der Hand.

»Also ein Geheimniß«, sprach ich dann.

»Wie Sie wollen«, antwortete mir mein Freund. »Ein Geheimniß und auch kein Geheimniß, die Dame ist nicht von Jenen, welche die Öffentlichkeit scheuen.«

»Wie?«

»Ich meine, ich darf Ihnen die seltsame Geschichte dieses Bildes erzählen.«

»Ich brenne vor Neugierde.«

»Also –« er setzte sich auf sein armseliges Bett und blickte vor sich hin, wie Einer, der im Fieber spricht. –

»Das Bild lag in meiner Seele wie ein Keim, der heraus muß an das Licht. Es lag in meiner Natur, es war mein Schicksal, das es mir zuerst gleich einer Ahnung im Nebel der Phantasie aufsteigen ließ, mein Schicksal, das mich dazu trieb und sich darin verkörperte. Ich entwarf eine Skizze und suchte zunächst ein Modell für die Liebesgöttin. Sie wissen, was ein Modell ist, aber sie wissen kaum, wie schwer es hält, ein schönes Modell zu erobern, sogar bei uns in Wien, wo doch die Frauen aller Stände ganz besonders schön sind und es durch die verschiedenen Stämme, welche in der Residenz vertreten sind, wie durch die große Racenkreuzung an keinem der vielen Typen fehlt. Aber ein schlechtes Weib ist in der Regel auch ein schlechtes Modell. Halten Sie das für keine idealistische Schrulle. Es gibt aber in Wien sehr brave Mädchen, welche Modell stehen, um ihre armen Eltern zu erhalten, anständige Frauen, welche es vorziehen, aus Liebe zu ihrem Gatten, ihren Kindern, eher ihre Schönheit als ihre Tugend preis zu geben. Ich suchte also unter diesen, ich bot jede Summe, aber ich fand nicht, was ich suchte. Ich bildete mir ein, meine Venus müsse blond sein und dunkle Augen haben.

Endlich wählte ich den absonderlichen Weg eines Inserates.

Es kam lange kein Antrag, endlich doch ein Brief, aber in eben so seltsamer Form wie meine Aufforderung.

Er lautete: »Eine Dame, jung, schön, blond mit dunklen Augen, will Ihnen zu Ihrer Liebesgöttin Modell stehen, aber Sie haben es als eine Gunst anzunehmen, welche Ihnen Ihre Venus erweisen wird, und weder zu fragen, noch nachzuforschen. Und wehe Ihnen, wenn Sie undankbar genug sind, den Verräther zu spielen, wo man Ihnen mit beispiellosem Vertrauen naht. Man erwartet Sie den nächsten Sonnabend elf Uhr Nachts im Pratersterne.«

»Und Sie folgten der Aufforderung?«

»Fragen Sie noch? Ja, ich ging hin, mit klopfendem Herzen. Es war eine stürmische Winternacht. Ein Wagen erwartete mich, ein alter Diener in unbekannter Livree, eine Freiherrenkrone auf den Knöpfen, hob mich hinein, setzte sich zu mir, verband mir die Augen und dann rollten wir davon.

Offenbar fuhr der Kutscher absichtlich hin und her, um mich zu täuschen, denn es währte gut eine Stunde, ehe wir ankamen. In dem verdeckten Thorweg eines, wie es schien, villenartigen Gebäudes ließ man mich aussteigen und der alte Diener, welcher mir jetzt die Binde abnahm, führte mich eine mit Blumen geschmückte Treppe empor und ließ mich dann in einem mit verschwenderischer Pracht eingerichteten, angenehm durchwärmten und glänzend erleuchteten Salon allein.

Aber nicht zu lange. –

Die Portière rauschte und eine fließende Seidenschleppe stimmte in das melodische Rauschen ein.

Vor mir stand ein Weib, die Liebesgöttin selbst!

Aber wozu soll ich sie beschreiben, ich habe sie gemalt, Sie kennen sie also. Denken Sie sich meine Venus, welche Tannhäuser mit ihren Locken fängt, nur verhüllt von einem dunklen Gewande, die goldene Fluth ihres Haares über den Rücken fließend, mit einem Lächeln um die Lippen, das halb neugierig, halb spöttisch war.

Ein sanfter Blick ihrer dämonischen Augen traf mich, ein einziger Blick und ich war berückt, verzaubert, und erst als sie mit der schalkhaften Frage: »Aber bin ich Ihnen auch schön genug«, ihr Gewand fallen ließ und auf einmal vor mir stand, wie die Göttin selbst –

Wenn ich nach Innen blicke, in meine Seele, sehe ich das teuflische Weib noch vor mir stehen wie damals – damals aber lag ich vor ihr auf den Knieen und küßte ihre kleinen bloßen Füße – Sie behielt mich bei sich –

Ich war ihr Hausgenosse, oder besser gesagt, ihr Gefangener. Ich durfte nicht nach ihrem Namen fragen, mein Zimmer nicht verlassen, ohne daß sie mich rief. Ich malte sie und liebte sie, und sie – sie ließ sich von mir malen und lieben.

Über sie nachzudenken hatte sie mir nicht verboten. Wenn ich also allein war, beschäftigte ich mich unaufhörlich mit ihr. Ich hielt sie für eine Dame, welche eine Laune in meine Arme geführt hatte, vielleicht eine Russin, ihr hartes Deutsch sprach wenigstens dafür. Reich war sie, beispiellos reich, das verriethen mir ihre stets ebenso kostbaren wie poesievollen Toiletten.

Ich hatte mein Bild vollendet und ihr eine Copie davon gemacht. Noch immer wollte sie sich mir nicht zu erkennen geben, aber ebensowenig mich entlassen. Und ich – ich liebte sie endlich so wahnsinnig – daß ich nicht mehr verstand, wie ich ohne sie leben sollte.

»Du bist mein«, rief ich einmal, »ich will Dich aber ganz und für immer besitzen.«

»Das ist unmöglich«, sagte sie erbleichend.

»Du willst also nicht?« stammelte ich.

»Ich kann nicht.«

Ich lachte auf. »Du kannst nicht? Nun dann muß ich mich von Dir trennen können.«

»Aber höre mich doch, ich liebe nur Dich«, rief sie voll Angst, »aber ich kann Dir nicht gehören.«

»Du bist also das Weib eines Andern.«

»Nein –«

»Was also?«

»Seine – Maitresse.«

Ich sah sie vernichtet an: »Maitresse!« murmelte ich. »Weib, was habe ich Dir gethan, daß Du mich so elend gemacht hast, so entsetzlich elend, um Dir vielleicht ein paar Stunden zu vertreiben?«

»O! Ich kenne Dich lange schon«, rief sie, »und ich liebe Dich, das ist meine Schuld, das allein.«

Ich entfloh in derselben Nacht, aber ich habe seitdem keine Ruhe, keinen guten Augenblick gehabt, ich kann auch nicht malen, die Liebesgöttin verfolgt mich mit ihren dunklen Augen, sie wirft ihre goldenen Haarschlingen nach mir aus, und ich muß zu ihr zurückkehren in den Venusberg, und dann wird auch mein dürrer Malerstock wieder grünen und vielleicht noch einmal blühende Rosen tragen.«

Unter der Peitsche

Es ist mir von vielen Seiten gesagt worden, in Kritiken, in Briefen, von bedeutenden Männern und geistreichen Frauen, daß meine »Venus im Pelz« Das Vermächtniß Kains, Novellen von Sacher-Masoch. Erster Theil: Die Liebe. eine Abnormität behandle, daß sie mehr ein pathologisches als poetisches Interesse errege. Ich muß gestehen, daß ich auf jeden anderen Vorwurf gefaßt war, nur nicht auf diesen. Indem ich in einer Reihe von Novellen die Liebe, ihre verschiedenen typischen Erscheinungen behandelte, konnte ich an der rein sinnlichen Liebe nicht prüde vorübergehen; sobald ich aber einmal diesen Vorwurf erfaßt hatte, mußte ich sofort auf einen zweiten, auf ein noch ungelöstes Problem stoßen: auf die innige Verwandtschaft von Wollust und Grausamkeit.

Die Handlung, welche ich mit diesem Problem in meiner »Venus im Pelz« in Verbindung gebracht habe, mag etwas sehr Apartes haben, abnorm ist der Vertrag, durch welchen ein gebildeter Mann in unserer nüchternen Zeit freiwillig und in allem Ernst der Sklave seiner Geliebten wird, abnorm sind viele der Szenen, der Wendungen, aber der Kern der Geschichte ist normal, denn es ist ein Gesetz der Natur, nicht erklärt noch, aber festgestellt, daß Wollust Grausamkeit erzeugt und umgekehrt. Und gerade in der weichen, sinnlichen Natur des Weibes ist dieser Proceß ein ganz gewöhnlicher, wenn er sich auch nicht immer so phantastisch äußert wie bei meiner Heldin.

Auch den Pelz, mit dem ich meine Heldin umkleide, hat man mir übel genommen, und doch ist er das normale Attribut der Herrschaft und Schönheit, der Tyrannei, der Wollust und Grausamkeit.

Übrigens beruht meine »Venus im Pelz« vollkommen auf Thatsachen, so zwar, daß aus einer Reihe wirklicher Geschichten die eine poetische – meine Novelle – heranwuchs. Ich will heute eine davon erzählen, welche ganz speziell den Satz illustriren soll, daß das Weib gut ist, wo es liebt und wieder geliebt wird, grausam jedoch, wo es nicht liebt, sich aber geliebt weiß.

Die Heldin meiner Geschichte ist heute in Wien und ist eine der schönsten Frauen der österreichischen Aristokratie. Ihren Namen darf ich selbstverständlich nicht nennen, ja nicht einmal andeuten, aber statt des Namens will ich ihr Porträt geben und so wahr und getreu malen, wie ich nur vermag.

Sie ist Baronin und ist heute noch jung und schön; als die Geschichte spielte, war sie um etwa fünf Jahre jünger und – nicht bloß im Verhältniß zu anderen Frauen – sondern überhaupt das verführerischste Weib, das die Phantasie eines Poeten ersinnen, das der Pinsel eines Mackart malen kann.

Sie war ideal bis zu ihren kleinen rosigen Zehen herab, bis in die kleinsten Haarspitzen, welche lose auf ihre ewig heitere olympische Stirne fielen. In vollendeter Harmonie der Proportionen war sie weder groß noch klein, zugleich schlank und üppig; sie hatte den Bau einer griechischen Statue und den zugleich plastischen und pikanten Kopf einer Marquise aus der Rokokozeit, einer Pompadour, und in diesem wunderbaren Antlitz hatte sie ein Paar grüne Augen von einem Ausdruck, der sich nicht schildern läßt, dämonisch innig und eisig kalt zugleich, die Augen einer Sphynx; und eine Flut dunkler Haare, welche über den Nacken bis auf den Rücken herabfiel, denn es war im Sommer auf dem Lande bei Wien, und sie war immer sehr decolletirt.

Das Hinreißendste an dieser Frau war aber ihr Gang; sie ging mit Esprit, mit aller Poesie der Wollust; das Herz blieb Einem stille stehen im Leibe, wenn man sie das erste Mal gehen sah.

Und sie konnte lieben, lieben wie eine Löwin, und sie liebte einen Mann, den ihr Besitz so wahnsinnig machte, daß er die höchste Seligkeit darin fand, nichts weiter zu sein als ihr Sklave.

In einer heiligen Liebesnacht lag er zu ihren Füßen und bat in höchster Verzückung: »Mißhandle mich, damit ich mein Glück ertragen kann; sei schlecht mit mir, gib mir Fußtritte statt Küsse –«

Das schöne Weib sah den Geliebten mit ihren grünen Augen seltsam an, eisig und doch verzehrend; dann ging sie durch das Zimmer, schlüpfte langsam in eine prachtvolle weite Jacke von rothem Atlas, reich mit fürstlichem Hermelin besetzt, und nahm eine Peitsche von ihrem

Toilettetisch, eine lange Peitsche mit kurzem Stiel, mit der sie ihre große Dogge zu strafen pflegte.

»Du willst es«, sagte sie, »ich werde Dich also peitschen.«

»Peitsche mich«, rief der Geliebte, noch immer auf den Knien, »ich bitte Dich darum.«

»Aber ich werde Dich vorher binden, damit Du Dich nicht zur Wehre setzen kannst –«

»Ich mich wehren, was fällt Dir ein?«

»Genug, ich will es«, entschied die schöne Frau und ohne weiter zu fragen, löste sie die starke seidene Schnur, mit der ihre Pelzjacke gegürtet war, und band dem knienden Manne die Hände auf den Rücken wie einem Delinquenten.

»Nun – peitsche mich«, rief der vor Wollust trunkene Mann.

Sie lachte und holte zu einem Hiebe aus, der mit unbarmherziger Gewalt in seinen Rücken schnitt; im nächsten Augenblicke aber warf sie die Peitsche weg und schlang zärtlich die Arme um seinen Hals. »Habe ich Dir weh gethan?« fragte sie besorgt, »verzeih' mir, ich bin ein abscheuliches Geschöpf.«

»Peitsche mich nur, wenn es Dir Vergnügen macht«, sagte der Geliebte.

»Aber es macht mir kein Vergnügen.«

»Ich bitte Dich, peitsche mich«, rief er.

»Ich kann nicht, ich liebe Dich zu sehr«, erwiderte die Baronin und löste seine Bande – »aber ich möchte einen Menschen peitschen, den ich nicht liebe, das wäre ein Genuß.«

Wenige Tage nach dieser seltsamen Scene ließen sich die Liebenden zum Andenken an dieselbe photographiren, die Baronin in ihrer Pelzjacke auf einer Ottomane ruhend, die Peitsche in der Hand, ihr Anbeter zu ihren Füßen. Das Bild war eben so originell als fesselnd, und als der Sklave der schönen Frau nicht lange darnach einen Freund gewann und derselbe es zufällig zu sehen bekam, geriethen alle seine Sinne so sehr in Aufruhr, wurde seine jugendliche überreizte Phantasie so entzündet, daß er den Freund nicht allein um das schöne Weib in der fürstlichen Pelzjacke, sondern sogar um die Peitschenhiebe von ihrer kleinen weißen Hand zu beneiden begann.

Der Zufall wollte, daß die Baronin, welche weder prüde noch bedenklich war, in diesem Augenblicke mit ihrem Sonnenschirm an das Fenster ihres Sklaven pochte – dieser wohnte nämlich ebenerdig – es war dies das Signal zur Promenade.

Ihr Anbeter eilte mit seinem jungen Freunde auf die Straße und benützte die Gelegenheit, den neuen Fanatiker der vielumworbenen, sieggewohnten Frau vorzustellen. Der Eindruck der lebendigen Schönheit übertraf noch jenen der photographirten, der arme jugendliche Schwärmer ging wie im Fieber neben der liebenswürdig lächelnden Göttin, im Fieber trank er an demselben Abend bei ihr den Thee und bestieg im Fieber den Zug, um nach Wien zurückzukehren.

Er kam aber bald wieder und stieg diesmal bei seinem glücklichen Freunde ab; er begann damit, diesem offen seine Leidenschaft für die Baronin zu beichten, und endete damit, ihr selbst ein Geständnis abzulegen. Die Baronin lächelte.

Der junge Schwärmer sprach hierauf von dem seltsamen Bilde, von dem berauschenden Eindruck, den es auf ihn gemacht.

»Aber das Bild ist eine Lüge«, schloß er.

»Wie?« rief die Dame.

»Mein Freund liegt als Sklave zu ihren Füßen, und das ist mindestens eine Phrase, denn die Peitsche ist wohl nie gebraucht worden.«

»Doch!« – Die Baronin lächelte wieder.

»Sie haben ihn gepeitscht!« schrie der Fieberkranke auf.

»Gewiß.«

»Und ist es Ihnen ein Genuß, einen Menschen zu peitschen?«

»Einen Menschen, der mich liebt? – gewiß!« entgegnete die schöne Frau; in ihren Augen lauerte etwas Böses.

»Nun, so peitschen Sie mich!«

Die Baronin sah den jungen Fanatiker einen Augenblick lang an, dann lächelte sie, aber diesmal so, daß ihre prachtvollen Zähne sichtbar wurden.

»Aber, wenn ich peitsche, peitsche ich im Ernste«, sagte sie, »und vor unserm Freunde.«

»Vor der ganzen Welt, wenn Sie wollen«, sagte der Wahnsinnige, »aber Sie ziehen dazu Ihre Pelzjacke an.«

Eben trat ihr Anbeter ein. Sie erklärte ihm Alles mit wenigen Worten und verschwand dann, um bald in einer fließenden, weißen Atlasschleppe und ihrer rothen, hermelinbesetzten Jacke zu erscheinen, die Haare mit Perlen durchflochten, Stricke und die Hundepeitsche in der Hand.

»Ich werde Sie binden«, sagte sie.

Der junge Schwärmer hielt die Hände hin.

»Nicht so.« Das schöne Weib band ihm mit unglaublicher Geschwindigkeit die Hände auf den Rücken dann die Füße, sodaß er stehen, aber sich nicht bewegen konnte, und fesselte ihn dann an das Fensterkreuz. »So«, sagte sie dann mit räthselhaftem Lächeln, schürzte den weiten, pelzbesetzten Ärmel ihrer Jacke auf und betrachtete ihr Opfer einen Augenblick mit grausamem Vergnügen.

Und nun begann sie zu peitschen; er zuckte bei jedem Hiebe zusammen, aber er war Mann genug, nicht den leisesten Ton des Schmerzes von sich zu geben, Mann genug, auch dann nicht um Gnade zu bitten, als schon sein Blut unter der Peitsche des schönen Weibes floß, das ohne Erbarmen lospeitschte, bis es selbst müde war.

Dann warf sie die Peitsche weg, gab ihrem Geliebten einen Kuß und streckte sich auf den üppigen Sammtpolstern ihrer Ottomane aus.

Und die Pointe?

Der Mann, den sie gepeitscht hatte, war von der Stunde an ihr Sklave, aber sie – sie fand es bald nicht einmal der Mühe werth, ihn zu peitschen.

Der wahnsinnige Graf

In einer deutschen Landschaft, welche sich weder durch geistiges Leben noch Naturschönheiten auszeichnet, in der sogar Berge und Bäume den Eindruck machen, abscheuliche Philister zu sein, lebte vor zwanzig Jahren etwa ein Graf W. mit seiner Gemahlin und seinen Kindern, von der Welt, die er genügend genossen und kennen gelernt hatte, zurückgezogen, auf seinem Schlosse, welches eine gewisse historische Romantik mit allen modernen Bequemlichkeiten und dem Luxus der Gegenwart vereinte.

Der Graf war nahe an vierzig Jahre, noch immer schön, ja interessant, aber von einer an das Unheimliche streifenden Abspannung und Blasirtheit. Die Gräfin, eine jener guten bescheidenen Frauen, welche ohne besondere körperliche Reize oder glänzende Geistesgaben doch einen Mann, der für das Familienleben Sinn hat, sehr glücklich machen können, hatte mit ihrem Gatten schlechte Tage, schwere Stunden.

Graf W. war von einem schönen geistvollen Weibe, das er angebetet hatte, in infamer Weise betrogen worden und hatte in einem Anfluge von Resignation seine hochgeschraubten Ansprüche an das Leben aufgegeben und eine Verstandesheirath geschlossen. Er hatte seine Frau nie geliebt, aber er hoffte, mit derselben anständig leben zu können und täuschte sich auch nicht darin, bald aber fand ein interessanter psychologischer Prozeß bei ihm statt.

Als Gegensatz seiner guten Frau, welche ihn eben langweilte, tauchte in seiner Phantasie immer wieder das Bild jenes verworfenen Weibes mit allen dämonischen Reizen, welche sie geschmückt hatten, auf. Er kam allmählig zu der Ansicht, daß es kein Weib giebt, das uns zugleich Achtung und Leidenschaft einzuflößen im Stande ist, er theilte die Frauen in zwei Gruppen, in brave, aber reizlose und beschränkte, und in geistreiche, schöne, berauschende, aber schlechte. Und endlich bildete er sich ein ganz apartes Frauenideal. Er wollte mit den diabolischen Eigenschaften des Weibes rechnen, er verlangte nur *Ehrlichkeit in der Sünde*, er haßte die Betrügerinnen und verabscheute die ehrlichen Frauen, und so erschien ihm als das Wünschenswertheste ein Weib, das, ohne zu heucheln oder zu täuschen, den Muth hat, sich offen zu dem Evangelium des Genusses zu bekennen, ungescheut seinen Egoismus hervorzukehren und den Mann als ein Werkzeug zu behandeln, das weggeworfen wird, sobald man seiner nicht mehr bedarf, und je grausamer um so besser. Ein solches Weib, das fühlte er, konnte er anbeten, aber eine Art Instinkt hielt ihn doch immer ab, es zu suchen, denn er mußte sich sagen, daß er in Gefahr war, nicht allein der Sklave, sondern geradezu der Spielball desselben zu werden, da es seinen müden Nerven sogar als ein pikanter, physischer Reiz erschien, von einem schönen, treulosen Weibe mißhandelt zu werden.

Aus dieser Krankhaftigkeit entsprang eine geheimnißvolle Vorliebe für Pelzwerk, welche sich noch am besten durch die große Elektrizität desselben erklären läßt, und so bekam sein Ideal in seiner Phantasie eine ganz bestimmte Toilette, eine mit Pelz besetzte Jacke in der Art, wie man sie häufig bei den Almanach-Damen der Vierziger Jahre oder bei emancipirten Russinnen sieht.

Bei allen diesen Seltsamkeiten, welche in den Augen der Verwandten und Freunde des Grafen als Verrücktheit galten, war W. ein vortrefflicher Vater und beschäftigte sich eifrig mit der Erziehung seiner Kinder. Es kam endlich die Zeit, da die Schweizerin bei denselben nicht mehr ausreichen wollte und man sich nach einer tüchtigen deutschen Erzieherin umsah. Dieselbe war nicht so leicht gefunden, aber endlich kam doch der Abend, wo der Wagen des Grafen dieselbe an der Poststation abholen und in das Schloß bringen konnte. Es war indeß keines jener blau gestrumpften, abgetragenen Fräuleins mit tadelloser Tugend und langen Schmachtlocken, das jetzt vor dem Portale desselben ausstieg, sondern eine junge, feine, reizende Dame, welche im nächsten Augenblick den elegant chaussirten, kleinen Fuß mit dem festen Entschluß über die gräfliche Schwelle setzte, hier ihr Glück zu machen.

Der Teufel, den der Graf beschworen hatte, war ihm in diesem Momente näher, als er glaubte, denn das schöne Mädchen, das jetzt ohne jede Befangenheit, sicher und klug vor ihm in dem großen Ahnensaale stand, besaß jene Selbstsucht, jene Kälte des Blutes, jene Härte des

Gemüthes, welche er so reizend fand, im höchsten Grade, und doch war Bella Hartmann eine vollkommene Unschuld im Sinne der Welt, freilich nicht in dem des Psychologen. Durch ihren jungfräulichen Zauber fesselte sie ebenso die Gräfin, wie den Grafen durch den stolzen Charakter ihrer Schönheit. So mag Brunhild vor Günther gestanden sein, so hoch und schlank, das hochmüthige Haupt von den goldrothen Zöpfen gekrönt, und so eisig mag der Blick ihrer diabolischen grünen Augen in die weiche Seele des verliebten Mannes gedrungen sein.

Der Eindruck, den Bella gleich im ersten Augenblicke auf den Grafen W. machte, war unbeschreiblich, er verlor so sehr seine Selbstbeherrschung, daß er der Erzieherin Galanterien erwies, welche seine Frau jederzeit vergebens von ihm erwartet hatte, er bediente sie beim Thee, als sei sie ein ebenbürtiger Gast in seinem Hause und nicht seine Dienerin. Bella zeigte sich vorläufig durch seine Aufmerksamkeiten beschämt, was ihr das Herz der Gräfin vollends gewann. Sie überblickte nur zu bald die Situation und begann den Grafen, den sie sich gleich am ersten Abende zum Opfer ausersehen hatte, zu beobachten, und auch die Gräfin, und zwar die Letztere, um zu wissen, wie sie nicht sein dürfe, wenn sie den Grafen zu ihren Füßen sehen wollte. Als sie vollkommen klar sah und insbesondere die Neigung des Grafen theils entdeckt, theils errathen hatte, begann Bella, soweit es ihre Stellung erlaubte, ihm sein Ideal zu verkörpern.

Während die Gräfin ihren Gemahl durch die Einfachheit und Schmucklosigkeit ihrer Toilette erbitterte und vor Pferden und Waffen eine ihm verächtliche Scheu zeigte, stellte die schöne Erzieherin dieselbe nicht allein durch ihren lebhaften Geist, ihre weitaussehende Bildung und ihren feinen Geschmack für Kunst und Literatur in Schatten, sondern entfaltete weit über ihre Verhältnisse eine poetische reiche Toilette, schoß mit dem Grafen mit Pistolen nach der Scheibe und bestieg zu seiner Freude ohne Zögern die muthigsten Pferde, ja sie ritt mit ihm zur Hetzjagd, und als der Herbst kam, erschien sie sogar in einer pelzbesetzten Sammtjacke, welche ihre plastischen Formen prächtig hob. Kühn, eine vollendete Amazone, setzte sie an der Seite des Grafen mit ihrem Pferde über Hecken und Gräben, und wenn sein Auge bewundernd auf ihr haften blieb, verzog sie spöttisch den Mund.

Einmal stürzte der Graf mit seinem Lieblingspferde, als er sich erhob, hatte das edle Thier den Fuß gebrochen und es blieb also nichts übrig, als es zu tödten. Der Graf zog eine geladene Pistole aus dem Halfter und richtete die Mündung auf seinen getreuen Gefährten, aber er war nicht im Stande loszudrücken, Thränen traten in seine Augen. Da nahm ihm Bella mit einer spöttischen Bemerkung die Waffe aus der Hand. Ein Schuß – das Thier hatte verendet. Der Graf blickte mit unheimlichem Entzücken auf das herzlose Mädchen.

Ein anderes Mal geschah es, daß ein großer Neufundländer im Schlosse einen der Diener gebissen hatte. Niemand hatte es gewagt, das große, imposante Thier zu strafen, aber Bella, welche ihn mit ihrem magnetischen Blicke bändigte, band den Hund an einen eisernen Ring und peitschte ihn, bis er winselnd zu ihren Füßen lag.

»Ich glaube, Sie wären im Stande, einen Menschen eben so grausam zu behandeln«, sagte der Graf, als er zu der Exekution kam.

»O! mit Vergnügen«, erwiederte Bella.

»Auch einen Menschen, der Sie liebt?«

»Den erst recht!« sprach die schöne Amazone.

»Mich zum Beispiel?« flüsterte der Graf.

»Sie?« – Bella zuckte verächtlich die Achseln – »lieben Sie mich denn?«

»Ich bete Sie an –«

»Und Sie würden sich von mir peitschen lassen?« fragte das Mädchen mit dem steinernen Herzen lauernd.

»Ich wäre selig –«

Bella begann zu lachen. »Aber ist es denn möglich, daß ein grausames, treuloses Weib das Ideal eines Mannes sein kann?«

»Ich würde ein solches Weib anbeten«, sagte der Graf.

»Nun, so beten Sie mich an«, erwiederte Bella.

»Sie wären so ein Weib« – stammelte der Graf – »und Sie könnten mich lieben?«

»Wer sagt denn das?« entgegnete Bella stolz, »ist es nicht genug, wenn ich Ihnen gestatte, *mich* zu lieben?«

Diese Stunde entschied über das Schicksal des Grafen, er fühlte fortan von Tag zu Tag die Leidenschaft für die Erzieherin seiner Kinder wachsen und um so mehr, als sie seinen Bitten, Thränen, Schwüren eine unerschütterliche Gleichgültigkeit entgegensetzte. Nichts war im Stande, dieses Mädchen zu rühren.

Lange kämpfte der Graf, plötzlich wurde die Welt durch die Nachricht überrascht, daß er sich von seiner Gemahlin geschieden und die Erzieherin seiner Kinder *geheirathet* hatte. Nicht lange und Graf W. zog mit seiner jungen schönen Gemahlin nach der Residenz, wo dieselbe bald durch ihren Bongout und ihre Koketterie die Löwin der High-life wurde. Er hatte sein Ideal gefunden, denn Bella blieb nicht bei den Äußerlichkeiten desselben stehen, sie trug prächtige Pelze, reizende Pelzjacken in allen Farben, aber sie hatte dazu ihre Anbeter und den Grafen behandelte sie wie damals seinen Neufundländer. Er litt entsetzlich, er starb beinahe vor Eifersucht, aber je mehr Bella über ihn lachte, je grausamer sie ihn behandelte, je größer der Kreis ihrer Verehrer wurde, um so wahnsinniger liebte sie Graf W.

So vergingen Jahre. Sie begann im Laufe derselben eine politische Rolle zu spielen und trat zu einem Prinzen des regierenden Hauses in innige Beziehungen. Ihr Gemahl wurde ihr allmählich lästig, und je mehr sich Liebe und Eifersucht bei ihm steigerten, endlich unerträglich.

Eines Abends, als er sie mit Vorwürfen überschüttete, sagte sie ruhig: »Du bist im Rechte, aber ich werde mich nicht ändern. Jetzt, wo Du Dein Ideal hast, entsetzest Du Dich vor demselben; es ist besser, wir trennen uns.«

Der Graf starrte sie an, dann warf er sich verzweifelnd vor ihr nieder und beschwor sie, ihn nicht zu verlassen.

»Gut«, sagte Bella trocken, »aber ich bleibe nur unter der Bedingung bei Dir, daß Du vollkommen von mir abhängig bist, verschreibe mir augenblicklich Dein ganzes Vermögen.«

Der Graf gehorchte freudig dem Gebote seiner schönen Gemahlin, er ahnte nicht, daß er in diesem Augenblicke sein Todesurtheil unterschrieb. Es fiel ihm auch durchaus nicht auf, daß Bella plötzlich den Wunsch äußerte – und jeder ihrer Wünsche war ja Befehl – wieder einmal einige Wochen auf ihrem Schlosse zuzubringen.

Wenige Tage, nachdem Graf W. mit seiner Gemahlin angekommen war, erschien, während er sich auf der Jagd befand, ein junger, schöner Mann im Schlosse, welcher mit der Gräfin eine längere Unterredung hatte. Dieser schöne Mann galt in der Residenz als einer der begünstigsten Anbeter der neuen Messalina, es war der Direktor der Irrenanstalt.

Als der Graf gegen Abend zurückkehrte, fand er Bella in einem weißen Spitzennegligèe in ihrem Schlafgemache, ihr offenes goldrothes Haar spielte um ihre üppige, schlanke Gestalt bis zu den Hüften herab. »Du bist so seltsam schön heute«, begann er, indem er den Arm um sie schlang.

»Ah! Du willst wieder einmal gepeitscht werden«, erwiederte Bella mit eisigem Hohn.

»Ja, tritt mich mit Füßen«, bat der Graf, »ziehe aber Deine Pelzjacke dazu an.«

»Heute, an dem heißen Augustabend«, erwiederte Bella sehr laut, »bist Du verrückt?«

»Zieh' sie an«, fuhr der Graf fort, »Du kennst die köstliche Wirkung, die Pelzwerk auf mich übt, besonders an einer Frau, die so schön, so grausam ist, so schlecht, wie Du.« Er kniete vor ihr nieder, während sie eine mit Hermelin reich ausgeschlagene veilchenblaue Sammetjacke aus dem Kasten holte und anzog.

»Dein Anblick macht mich wahnsinnig«, rief der Graf, »mißhandle mich, ich bitte Dich darum.«

Die Gräfin nahm nun rasch mit einem seltsamen Blick auf ihren Gemahl die Peitsche und begann ihn damit zu schlagen. »O! Du schlechtes, verworfenes, treuloses Weib«, murmelte der Graf dabei, »Deine Mißhandlungen sind weit köstlicher als die Küsse einer Madonna!«

»Verlangen Sie noch mehr zu sehen und zu hören?« sprach plötzlich Bella mit erhobener Stimme.

»Nein«, erwiederte der Irrenarzt und trat hinter dem Vorhang, der ihn versteckt hatte, hervor in das Zimmer.

»Was wollen Sie? Wie kommen Sie hier herein?« fragte der Graf, indem er aufsprang.

»Ich komme um Sie, Herr Graf«, erwiederte der Irrenarzt, ihn scharf in's Auge fassend, »Sie sind krank.«

»Krank – ich?« stammelte der Graf.

»Ja – *geisteskrank*,« sagte der Irrenarzt, »Sie werden die Güte haben, mich zu begleiten.«

In diesem Augenblicke sah der Graf plötzlich klar, mit einem Wuthschrei stürzte er sich auf seine Gemahlin, aber ehe er sie ereilte, war er von dem Irrenarzt und dessen Leuten, die auf seinen Wink aus dem Nebengemache herbeigestürzt waren, zu Boden geworfen.

»Verrathen!« stöhnte er. Eine Ohnmacht entzog ihn allen weiteren Mißhandlungen.

Als er zu sich kam, stak er in der Zwangsjacke und befand sich an der Seite des Vertrauten seiner Frau auf dem Wege in das Irrenhaus. Bella hatte ihr Ziel erreicht, ihr Glück gemacht. –

Ein Jahr nach der Katastrophe verbreiteten sich Gerüchte über dieselbe, welche ein Verbrechen wahrscheinlich machten. Endlich erfolgte sogar eine Anzeige von der Seite eines ehemaligen Dieners des Grafen. Die Untersuchung wurde eingeleitet, aber ohne Erfolg, da die Kommission, welche sich in das Irrenhaus begab, den Grafen wirklich wahnsinnig fand. Er war in der Zwangsjacke und unter den grausamen Peitschenhieben seines Peinigers, welche ihm offenbar weniger Genuß bereiteten als die der schönen Bella, wirklich *toll* geworden. Es war einer jener nicht eben seltenen Fälle, wo sich die strafende Gerechtigkeit vollkommen ohnmächtig sieht und die Vergeltung anderen, höheren Mächten überlassen muß.

Matrena

In der trüben, grauen, stillen Dämmerung des Abends und nachts, wenn der Himmel schwarz oder von Sternen flimmernd über ihr ruht, ist die Steppe traurig. Es geht dann wie eine Klage durch die Lüfte, durch das Meer der Gräser und Blumen. Die Schwermuth senkt sich drückend auf Land und Menschen. Die Steppe klagt um die Grabhügel der alten Helden, um die herrliche Kosakenfreiheit, um jene glorreichen Zeiten der Schlachten, des Ruhmes und der Beute.

Ganz anders bei Tage. Die Sonne verscheucht auch hier die Gespenster. Dann ist es frei und schön und heiter in der Steppe.

So war es auch mir zu Muthe, so gut, ich erwartete etwas, etwas Glückliches. So ist es etwa, wenn man eine Geliebte erwartet.

Mein Pferd schien durch das hohe Gras zu schwimmen, dessen Wellen vor mir, hinter mir auf und abliefen. Noch lag das Dorf zur Seite, noch waren wir nicht ganz in die rauschende, blühende Wildnis eingedrungen, noch gab es Strohdächer, blauen Rauch, der sich aus ihnen erhob, noch Bäume und Getreidefelder. Um die Erdhütten steht hoher Mais, stehen Sonnenblumen, liegen Melonen und Kürbisse. Störche klappern auf den Strohdächern, Schwalben schießen hin und her, oder hängen an ihren lehmigen Nestern und zwitschern.

In der Ferne hört man den Kukuk rufen.

Ein kleiner Birkenhain regt vor uns die Wipfel. Es ist ein zierlicher, reizender Baum, die Birke, weichlich und weiblich mit ihrem leichtgeschwungenen schlanken Stamm, ihrer Atlasrinde, ihrem Schleier aus zarten Zweigen und zitternden Blättern. Sie ist schwatzhaft, und sie ist auch grausam wie ein Weib, sie gibt die Ruthe her, die unsern Rücken zerfleischt.

Doch weiter und weiter spannt sich die Steppe aus. Der letzte Baum taucht unter, noch ein Rauchwölkchen, das von einer Menschenwohnung zeugt, dann ist nichts um uns als Himmel und Erde. Der Frühling webt von Horizont zu Horizont in seinem endlosen, blühenden Reich. Ein Meer von goldenem Grün und wechselnden Farben ergießt sich über die Erde, ein zweites Meer von Duft wogt darüber hin.

Zwischen der dünnen Haide stehen die blauen, rothen, violetten Blumen, die gelben Pyramiden des Ginster und die weißen Kugeln des Klees.

Tausendstimmiger Vogelsang ringsum, denn der Tag geht zur Neige. Hier scheuchen wir Rebhühner auf, dort eine Trappe, die sich schwerfällig erhebt, einen Hasen, der mir jedesmal im Sprunge die langen Ohren zeigt. Wolken ziehen über uns hinweg, sie spiegeln sich in den schimmernden Graswellen oder werfen ihre Schatten auf dieselben, je nachdem sie gegen die sinkende Sonne stehen.

Eine Wachtel schlägt, eine zweite antwortet, eine dritte.

Nun wird die Steppe mit einem Mal ganz und gar lebendig. Eine Herde Schafe grast mir zur Rechten, tausende und wieder tausende von dicken, runden wolligen Rücken ziehen langsam vorbei, tausende und wieder tausende von Köpfen heben sich, mich anzustaunen, und dabei geht ein dumpfes, einförmiges, elementarisches Geräusch durch diese lebenden Wellen, das den Menschen, der sich als ein Wesen für sich fühlt, beängstigt und niederdrückt. Ruhig steht aber in dieser wolligen Flut der Tschaban in seinem zottigen Rock aus Kameelhaaren, die kleine Pfeife im Mund, und die Hunde liegen zu seinen Füßen und schnaufen aus.

Kaum sind wir an der Herde vorüber, steigen aus dem Grase Kurgane, kegelförmige Grabhügel auf, welche sich in langer Reihe hinziehen, und dann braust ein Tabun wilder Pferde vorüber, die Köpfe hebend und Luft einziehend. Eines der Thiere bleibt stehen und mustert uns mit großen, schönen klugen Augen, dann folgt es wiehernd den andern.

Im Westen steht die untergehende Sonne wie ein großer rother Mohn.

Heiße Tinten ergießen sich über den Himmel, die zerzupften Wölkchen, das wogende Grasmeer. Es wird Abend.

Rasch versinkt der glühende Ball. Noch flammt der Himmelsrand, dann zieht rasch der graue, bleierne Nebel der Dämmerung herauf und erfüllt die stille, träumende Welt.

Wilde Enten ziehen hoch oben. Auf dem nächsten Heldengrab schreien die Raben.

Es wird dunkel. Noch ein Hügel und noch einer. Dann flackert ein Feuer auf, um das sich schwarze Gestalten bewegen. Oben auf dem kahlen Kurgan steht eine Strohhütte ohne Wände, unter deren Dach sich ein paar Hirtenmädchen gelagert haben.

Um den Hügel herum weiden ihre Pferde.

Ich reite heran, begrüße die Mädchen, binde mein Thier an den nächsten Pfosten und lagere mich in der Nähe des Feuers, ohne erst um Erlaubnis zu fragen. Fünf Paare neugieriger Augen mustern mich. Dann wird eine Weile geflüstert, gekichert und wieder nach einer Weile erzählt die älteste unter den Mädchen, die ein rothes Tuch um den schwarzen Kopf geschlungen hat, das Märchen von den sieben Brüdern und der Zarewna Helena zu Ende, das sie begonnen hatte, als ich kam.

»Nun«, sagte ich, »das gefällt Euch wohl, und Ihr bedauert wohl, daß jetzt nichts ähnliches mehr geschieht?«

»Doch«, erwiederte die Märchenerzählerin, »doch, Herr, es ist nicht so lange her, hat der Wassermann ein Mädchen geholt, entführt hat er sie in seinen gläsernen Palast, und auch solche Geschichten, von denen die alten Lieder erzählen, kommen zu Zeiten vor.«

Wieder nahte ein Pferd, diesmal trug es aber eine Reiterin auf seinem Rücken. Sie hielt am Fuße des Hügels und sah uns aufmerksam an, so daß auch wir Muße hatten, sie zu betrachten. Das erste, was an diesem jungen Weibe auffiel, war ein verächtlicher Zug in ihrem runden, hübschen Gesicht, ein Zug, wie er sich bei Menschen findet, welche fürchten, daß wir sie gering schätzen könnten. Alles athmete überdies Stolz an ihr, die hohe Brust, das kräftige Kinn, die kleine Adlernase, die Art wie sie den Kopf hob und von der Seite herabblickte, als die Hirtenmädchen den Hügel hinabgesprungen waren und sie umringten.

Das Pferd, auf dem sie wie ein Mann und ohne Sattel saß, war unruhig und wieherte, als ob sie es mit ihren kräftigen Schenkeln zugleich peinigen und streicheln würde. Ihr bloßer Fuß war schön geformt, er war nicht zum Gehen geschaffen, nur um geküßt zu werden. Es müßte eine Art Wollust sein, von diesem Fuß getreten zu werden.

Sie wechselte nur wenige Worte mit den Hirtinnen, warf mir dann einen raschen Blick zu und verschwand geheimnisvoll und plötzlich in der Steppe, wie sie aus Nacht und Nebel gekommen war.

»Wer war das?« fragte ich.

»Das Weib des Kosaken Olex Kostka.«

Einige Zeit blieb es stille, dann sagte plötzlich die Märchenerzählerin: »Da habt Ihr gleich eine Geschichte.«

»Dieses Weib kann in der That etwas Besonderes erlebt haben«, bemerkte ich.

»Erzähle also«, riefen die andern.

»Aber die Geschichte Matrenas ist schrecklich. Ihr werdet Euch fürchten.«

»Nein, nein, erzähle nur.«

Die Mädchen rückten ganz nahe zusammen, und die mit dem rothen Tuch begann.

Der Gutsherr Baraniewski, Gott habe ihn selig! war ein gar hübscher und verwegener Mann, nur allzu kühn den Mädchen gegenüber. Er machte sich auch kein Gewissen daraus, dem Manne seine angetraute Frau zu nehmen, hatte überhaupt kein Gewissen. Dieser Baraniewski sah Matrena das allererstemal auf dem Jahrmarkt. Wenn er ein Weib traf, von ferne nur, hob er Euch die Nase wie ein Jagdhund, der ein Wild wittert. So war es auch hier und er strich sich den Schnurbart, und die Matrena sah ihn gleichfalls an. Warum sollte sie ihn nicht ansehen? Es war ein schöner Mann und gekleidet wie der Czarewitsch.

Sie hatte eine Art zu gehen, welche die Männer anzog. Versteht Ihr mich, sie drehte sich so, drehte sich beim Gehen in den Hüften, so daß ihren langen Zöpfe ihre Nacken peitschten. Und der schöne Herr folgte ihr, und flüsterte ihr allerhand Schönheiten zu.

Nicht lange darauf traf er sie beim Ziehbrunnen. War wohl kein Zufall, daß es so kam. Sie wurde roth, und weil sie nicht wußte, was sie reden sollte, so gab sie seinem Pferde zu trinken aus ihrer Kanne, und er stand dabei und sprach ihr von seiner Liebe.

Erst schämte sich Matrena, als sie ihn aber so verliebt sah, da bekam sie Courage und lachte ihn aus. »Ihr seid ein Mann«, sagte sie, »ich sollte Euch gar nicht anhören, denn ich habe einen Theuren, das ist Kostka, mit dem mich der Vater verlobt hat, aber es macht mir Spaß, Euch so toll zu sehen.«

Sie hatte Lippen wie Kirschen, die sah er und wollte sie gern küssen.

»So und so«, rief er, »als ich ein kleiner Junge war, habe ich mir das Obst am liebsten aus fremdem Garten geholt.«

»Und als ich ein kleines Mädchen war«, gab sie zur Antwort, die Spitzbübin, »da belustigte ich mich damit, dem Maikäfer einen Faden an das Bein zu binden und lachte, wenn er zappelte und schwirrte und mir doch nicht entkommen konnte, und nun lache ich über Sie.«

Und jedesmal, wenn er von seiner Liebe sprach, von den Qualen, die sie ihm bereitete, lachte sie nur und rief: »Flieg, Maikäfer, flieg.«

Und wieder einmal kam er, als sie beim Bache wusch, und wie sie sich bückte, um die Wäsche zu spülen, und er sah ihre großen, schönen Hüften, schlug er sie drauf, daß es nur so klatschte und lachte, sie aber war roth geworden und hieß ihn gehen.

Doch was half es ihr? Er ließ nicht ab, das war nicht der Mann, sich leicht abweisen zu lassen, wenn er einmal Passion hatte auf ein Weib.

Matrena schlug ihn einmal. – Wozu war das etwa gut? – Er kam doch – kam doch und drang zum Fenster herein, das sie offen gelassen hatte, die Nachtigallen zu hören, die so schön in der Sommernacht sangen. Kam doch und küßte sie. Ergriff sie so im Hemd – sie hatte keine Zeit, ihren kurzen Lammpelz überzuziehen.

Es half ihr nichts, daß sie ihn wieder schlug und schrie. Er küßte sie doch – küßte sie, daß sein Mund ihr die rothen Lippen schloß, und ihre Stimme im Winde erstarb und im Rauschen der Bäume.

Nichts half ihr, alles wendete sich gegen sie, sie hat es später selbst erzählt und mehr als einmal. Sie dunstete in ihrem Pelz und wurde noch heißer vom Ringen, die Schaffelle verbreiteten einen üblen Geruch. Er aber flüsterte: Wie gut das riecht und Du erst … der Geruch eines gesunden Mädchenleibes berauscht mich. Ist das nicht zum Lachen? Das Lammfell schien angewachsen an ihre vollen runden Glieder, und auch das gefiel ihm. Ist es doch, rief er, als kämpfe ich mit einem wilden zottigen Thier, und lachte, der Unmensch, der Tartar, obwohl er doch die Krallen und die Zähne dieses schönen Thieres fühlte.

Dann aber war sie es, die ihn zurückhalten wollte.

Baraniewski, der stolze Herr, stieß sie weg, sie indes packte ihn noch einmal bei Haar und Bart. Er riß sich los, ja, das that er, riß sich los, so daß Büschel seiner Haare in ihren Händen blieben und schwang sich auf sein Pferd.

Matrena gab keinen Laut von sich. Rasch band sie ihr Haar zusammen, nahm einen derben Strick, machte eine Schlinge, führte das beste Pferd heraus aus dem Stall, sprang auf den Rücken desselben und folgte dem schönen, stolzen Herrn, der schon einen Vorsprung gewonnen hatte.

Die Brücke donnerte unter den Hufen seines Pferdes. Nun wußte sie wie weit er war, denn die Nacht hatte ihn verschlungen, und sie sah nur seitwärts die leuchtenden Augen eines Wolfes, der sie musterte, und ein Stück faulen Holzes, das an dem Wege lag und leuchtete.

Da war ein Zaun, der ihm den Weg versperrte. Im Nu war er drüber, und ehe man zehn zählen konnte, war auch sie zur Stelle und sprang gleichfalls mit ihrem Kosakenpferd hinüber. Sprang ihm auch nach über den Graben, über den er gesetzt hatte, und schwamm ihm nach durch den Fluß, daß das Wasser nur so plätscherte und aufschäumte.

Fort gieng es, immer fort. Jetzt mitten durch einen Hain, mitten durch die Bäume, daß die Äste ihnen ins Gesicht schlugen und sich an seine Kleider klammerten, und ihr das Hemd vom Leibe rissen. Nun vorwärts, durch das Maisfeld, daß die hohen Stämme nur so krachen, durch das Korn, durch den Weizen, was liegt daran? Durch die schlafende Schafherde, den Grabhügel hinauf, hinab.

Da waren sie mitten in der Steppe, die um sie rauschte, ein Meer, ein stürmisches Meer, und nur der Himmel war über ihnen.

Baraniewski verlor wohl den Muth, er hörte das Knallen ihrer Peitsche näher und näher, hörte ihren Zuruf, mit dem sie das Pferd ermunterte, hörte das Schnauben des Thieres, fühlte seinen heißen Athem.

Sein Pferd stürzte. Matrena jauchzte auf. Doch schon riß er es empor und es gieng weiter, wie auf der Hetzjagd, hinter dem Fuchs her.

Wie pochte ihm da das Herz, dem Verräther! Ja, hundert Arme schienen sich nach ihm auszustrecken, hundert Arme aller der Verrathenen, Betrogenen, Verlassenen, Gemordeten. Weiße Arme, die aus dem dunklen Zobelpelz nach ihm langten, und braune Arme, die aus groben Hemden hervorkamen, und oben jagten die Sterne ihm nach, und weiße Gestalten in flatternden Gewändern, den todten Bräuten gleich, die um Mitternacht tanzen und ihre Tänzer erwürgen mit ihren weichen, duftigen Haaren.

Und wirklich, sie holt ihn ein. Sie wirft die Schlinge – einmal – ein zweitesmal … Da hat sie ihn … reißt ihn vom Pferde und macht dann Halt und schöpft Athem.

Baraniewski sucht die Schlinge, die ihm den Hals zusammenschnürt, zu lockern, aber ein Ruck ihres starken Armes und er liegt vor ihr und schnappt nach Luft, wie ein Fisch schnappt er, den man gefangen und auf den Sand hingeworfen hat, und fleht um sein Leben.

Matrena schüttelt nur den Kopf.

»Ich will Dich zur Frau nehmen«, betheuert er.

Sie lacht ihn nur aus.

»Dein Sclave will ich sein«, beginnt er von neuem, sie aber schneidet ihm das Wort ab.

»Bete zu Gott. Du mußt sterben.«

»Hast Du kein Erbarmen mit mir?«

»Nein.«

Dann treibt sie ihr Pferd an und ruft: »Maikäfer flieg!« und lacht dabei, wie ein Teufel lacht sie.

»Flieg, Maikäfer flieg!«

Einige Zeit lief er neben ihrem Pferde her, dann blieb er zurück, fiel zur Erde, und nun schleifte sie ihn hinter sich, bis er zu ihren Füßen verendete. Noch war er nicht ganz todt, als schon die Raben um sie kreisten und sich auf ihn stürzten.

»Nur zu!« rief ihnen Matrena zu, »hackt ihm die Augen aus, meine Freunde, reißt ihm das Fleisch stückweise vom Leibe – das schmeckt – so frisch und lebendig – nicht wahr? Oh! könnt' ich Dich nur selbst zerreißen mit meinen Zähnen!«

So endete Baraniewski, der schöne, stolze Herr, und Matrena hielt Hochzeit mit Olex Kostka.

»Wie ist es möglich, daß er sie trotzdem genommen hat?« sagte ich erstaunt.

»Wie? Auf die Weise. Und warum nicht? Hat sie nicht selbst ihre Ehre gerächt etwa? Konnte ihr jemand einen Vorwurf machen?«

Es war Nacht geworden. Der Sternenhimmel stand über uns, ein Riesenfeld voll goldener Ähren. In der Ferne flatterten kleine weiße Wolken, ein gespenstischer Reigen, der sich über der Erde zu drehen schien. Durch die Steppe zog jenes tiefe, schwermüthige Rauschen, das so gut zu den Liedern dieses Volkes stimmt, das um seine Helden trauert, um seinen Ruhm, seine Freiheit, und eines dieser Lieder klang jetzt zu uns herüber, von einem Kosaken gesungen, der durch das Grasmeer ritt, von einem Hirten oder Jäger. Und es klang so wehmüthig durch die Nacht:

Ohne Nutzen, ohne Segen,
Schwindet des Kosaken Beute,
Was er gestern schwer errungen,
Leichten Sinns vertrinkt er's heute.

Das Weib des Kosaken

Es war Nacht auf der wilden Steppe. Unter dem flimmernden Sternenhimmel, mitten im wogenden Ocean der Gräser und Blumen, stand eine kleine Strohhütte. Ein windschiefer Zaun umgab Hof und Bienengarten.

In der niederen Stube, deren rauchige Wände mit Heiligenbildern geschmückt waren, schlief Bascha allein auf dem harten Lager, mit ihrem Schafspelz zugedeckt. Ihr Mann, der Kosak Dorobenko, war davongeritten auf das erste Feuersignal, das einen Raubzug der benachbarten Tataren ankündigte.

Plötzlich fuhr das junge Weib aus dem Schlaf und horchte. Es hatte an die Thür gepocht, ja, und es pochte noch einmal. Sie stand auf und öffnete.

Draußen stand das Pferd des Kosaken ohne seinen Reiter und scharrte mit dem Huf. Bascha erschrak, sie kannte das treue Thier, den flüchtigen, muthigen Schecken. Sie sagte sich, daß Dorobenko gefallen war, denn niemals hätte das Pferd ihn verlassen, wenn er noch am Leben wäre. An die Pfosten der Thür gelehnt, die Hände vor das Gesicht gepreßt, begann die Arme zu schluchzen, und der Schecke legte ihr sanft den Kopf auf die Schulter und seufzte auf, als trauere er mit ihr um seinen tapferen Reiter.

Das Kosakenweib legte die Arme um den struppigen Kopf des treuen Freundes und küßte ihn, dann trocknete sie ihre Thränen.

Wenn er tot wäre, der Mann, der sie so sehr geliebt, dann hätte sie noch eine Pflicht zu erfüllen. Die Raben sollten ihn nicht haben. Er sollte in geweihter Erde ruhen, wie es einem frommen Christen geziemt. Bascha kehrte in die Stube zurück, zog ihren Pelz an, wand ein rothes Tuch um ihre schwarzen Flechten, nahm den Kantschuk vom Haken und steckte den Yatagan in den Gürtel. Nachdem sie sich überzeugt hatte, daß die beiden Pistolen in den Satteltaschen noch geladen waren, daß die Schlinge am Sattelknopf hing und die Branntweinflasche im Sattelsack gefüllt war, schwang sie sich nach Männerart auf das Pferd und schlug die Richtung ein, welche Dorobenko am Morgen genommen hatte.

Eine tiefe, heilige Stille herrschte auf der weiten Fläche. Nichts regte sich, nur ein leichter Wind strich durch die Halme. In der Ferne lag eine dunkle Masse, der Wald. Bascha flog wie ein Vogel durch die duftige Steppe, dem Dorfe zu. Hier fand sie, daß die Tataren sich zurückgezogen, aber reiche Beute und auch mehrere Gefangene mit sich genommen hatten. Sie begann wieder zu hoffen.

Im Osten zeigte sich das erste keusche, weiße Licht, als sie an einem Kosakenhof vorbeikam, den die Feinde eingeäschert hatten. Hier lag auch der erste Tote auf der Straße, ein Muselman.

Sie ließ dem Pferde die Zügel frei, und wirklich, es schlug den Weg ein, den sie nehmen wollte, es trug sie über Stock und Stein, bis an den Ort, wo das Gefecht stattgefunden hatte. Weithin war das Gras von den Hufen zerstampft, gefallene Pferde und Menschen deckten den Boden. Bascha hielt den Schecken an, stieg ab und ließ das kluge Thier laufen, sie war seiner vollkommen sicher. Jeden toten Kosaken, der auf seinem Gesichte lag, wendete sie um. Sie suchte unermüdlich ihren Mann, sie fand ihn nicht. Er ist gefangen, sagte sie sich; dieser Gedanke war ja ein Trost für sie. Indeß war es Tag geworden, und die großen Geier und Raben, welche die Gefallenen umkreisten und ihr schauerliches Mahl hielten, grüßten die Sonne mit lautem Geschrei.

Plötzlich wieherte der Schecke in der Ferne. Sollte er seinen Herrn entdeckt haben? Bascha lief auf das Gebüsch zu, vor dem das Pferd stand und mit dem Schweife schlug. Sie theilte die Zweige und schrie auf. Da lag ihr Mann auf dem Rücken, mit Blut übergossen, die Augen geschlossen.

War er tot? Sie warf sich über ihn und küßte ihn. Sie nahm ihn in die Arme und richtete ihn auf. »Dorobenko!« rief sie, »mein Einziger, mein Held, mein Täubchen!« Nein, er war nicht kalt, er athmete noch. Sie nahm die Branntweinflasche und flößte ihm einige Tropfen ein, sie rieb ihm die Schläfen und endlich seufzte er auf und öffnete die Augen.

Sie riß ihm die Jacke auf und das Hemd. Da war die Wunde, ein Lanzenstich in der linken Brust. Sie wusch ihm die Wunde mit Branntwein, dann zog sie den Pelz aus und schnitt mit dem Yatagan die Ärmel ihres Hemdes ab, um ihn verbinden zu können; zuerst gab sie Dorobenko zu trinken. Er that einen guten Zug aus der Flasche und athmete auf. Bascha hielt ihn in ihren Armen und betrachtete ihn einige Zeit, dann machte sie das Zeichen des Kreuzes und sprach ein Gebet.

»Fühlst Du Dich stark genug«, fragte sie nach einer Weile den Kosaken, »zu Pferde zu steigen mit meiner Hilfe?«

Dorobenko schüttelte den Kopf. »Nein, ich habe zu viel Blut verloren.«

»Dann heißt es hier bleiben«, sagte Bascha, »bis Du Dich stark genug fühlst.«

»Ich möchte jetzt schlafen«, murmelte der Verwundete. Bascha legte ihn sanft in das Gras nieder und schob ihm den Mantelsack unter den Kopf, dann band sie das Pferd neben ihm an eine kleine Birke und ging hinaus in die Steppe, um Nahrung und Wasser für den Verwundeten zu suchen.

Die Sonne brannte dem armen Weibe heiß auf Kopf und Nacken, aber sie fragte wenig danach, sie selbst quälte der Durst und der Hunger, aber sie wurde nicht müde, zu suchen. Umsonst. Weithin kein Quell, kein Tropfen Wasser, kein Baum, kein Schornstein. Schon begann sie jede Hoffnung zu verlieren, als sich plötzlich zu ihren Füßen eine kleine Schlucht öffnete, aus welcher der lieblichste Duft zu ihr emporstieg. Rasch kletterte sie hinab und befand sich jetzt mitten unter grünen Büschen, die mit großen rothen Himbeeren bedeckt waren. Sie band ihre Schürze zusammen, füllte sie mit den köstlichen Früchten, und obwohl sie totmüde war, lief sie dann zurück zu dem Orte, wo Dorobenko lag.

Er schlief noch. Sie setzte sich zu ihm, aber sie berührte die Beeren nicht, ehe er erwachte. Dann gab sie ihm zu essen und zu trinken, und erst als er satt war, stärkte sie sich auch ein wenig. Sie rastete einige Zeit und nun begann sie wieder zu suchen. Der Branntwein ging zu Ende, sie mußte Wasser haben. Es war Nacht, als sie zurückkehrte, wieder ohne Erfolg. Dafür hatte sie ein Kosakenpferd eingefangen, das sie in der Nähe grasend fand, und eine große Kürbisflasche am Sattel eines gefallenen Tataren entdeckt. Das war eine gute Beute. Sie band das Pferd an, so daß es neben dem Schecken grasen konnte, wechselte dem Verwundeten den Verband und blieb dann stumm und resigniert neben ihm sitzen.

»Wasser!« bat der Kosak.

Bascha gab keine Antwort.

»Wasser, meine Theure!«

»Ich habe keines.«

»Das Flüßchen kann doch nicht weit sein«, sagte Dorobenko.

»Wo liegt es, zeige mir die Richtung.«

»Gegen Süden.«

Bascha stand auf, hing die Kürbisflasche um und blickte um sich. Da sah sie plötzlich in der Ferne ein Licht. Was konnte es sein? Eine menschliche Wohnung? Vielleicht auch ein Lagerfeuer der Tataren! Mag sein, sie muß Wasser haben für ihren Mann; sie macht sich daher auf den Weg und folgt dem Schimmer, der sie vielleicht in das Verderben, in den Harem eines Khans führt. Das Licht richtet sich auf und scheint dann wieder zu schwinden, aber es führt sie sicher durch das hohe Gras bis zu einer Gruppe von Weiden. Hier – welch ein Ton – ein fernes Murmeln – ein Plätschern – Wasser.

Plötzlich ist sie bis über die Knie im Sumpf.

Es war ein Irrlicht, das ihr als Führer gedient hatte.

Sie ergreift noch zur rechten Zeit einen Zweig und fühlt bald wieder festen Boden unter den Füßen. Vorsichtig setzt sie ihren Weg fort. Das tanzende Feuer winkt ihr zur Linken, aber sie geht gerade aus und schon blitzt der Wasserspiegel vor ihr auf. Ihr Herz pocht, sie ist so glücklich, sie möchte lachen und weinen zugleich, und in ihrer Freude beginnt sie laut zu singen:

>»Der Kosak tränkt sein Roß,
Wasser schöpft die Hanne,
Während er sein Liedchen sang,
Weint sie in die Kanne.«

Da war das Flüßchen, mit Schilf umstanden. Sie kniete nieder, neigte den Kopf und trank wie ein Thier, das seinen Durst löschen will, aus dem fließenden Wasser. Dann füllte sie rasch die Kürbisflasche und eilte zurück zu dem Verwundeten.

Um den Weg zu finden, hielt sie von Zeit zu Zeit die Hände vor den Mund und rief: »Dorobenko!« Lange Zeit erhielt sie keine Antwort, endlich klang es voll durch die Nacht: »Bascha!« Sie rief noch einmal.

»Hier!« erwiderte der Kosak und jetzt hörte sie auch den Schecken wiehern. »Ich habe Wasser!« rief sie und begann wieder laut zu singen:

>»Der Kosak tränkt sein Roß etc.«

Dorobenko antwortete:

>»Weine nicht, du holdes Kind,
Lass' dich nicht betrüben,
Denn ich lieb' dich gar so sehr,
Werd' dich ewig lieben.«

Schon kam sie mit dem Wasser gelaufen, kniete nieder und gab ihm zu trinken. Er that einen vollen Zug, dann sah er sie an, strich ihr das Haar aus der Stirne, und zwei große Thränen stahlen sich ihm über die sonnenbraunen Wangen in den Schnurrbart herab.

Am fünften Tage sprach Dorobenko: »Ich fühle mich jetzt stark genug. Wir wollen nach Hause zurückkehren.«

Bascha half ihm auf das erbeutete Pferd und band ihn auf dem Sattel fest. Sie selbst bestieg den Schecken. Langsam setzten sie sich in Bewegung, im Schritt. Sie führte sein Pferd am Zügel und spähte nach allen Seiten hinaus, um nicht von irgend einer Gefahr überrascht zu werden.

Als sie sich dem verbrannten Kosakenhof näherten, tauchten drei Reiter aus dem hohen Grase auf und sprengten auf sie zu.

»Tataren!« murmelte Dorobenko.

»Bleib' nur ruhig«, sagte Bascha, »ich werde Dich retten oder mit Dir sterben.«

Schon waren die ersten beiden Reiter ganz nahe. Das Kosakenweib zog die Pistolen aus den Satteltaschen und machte sich fertig. Ein Schuß fiel, und der eine der Feinde stürzte aus dem Sattel. Das Gras verschlang ihn, während sein Pferd davonjagte. Ein zweiter Schuß. Der Rappe des zweiten Tataren bäumte sich auf und stürzte dann in die Knie. Blitzschnell zog Bascha den Yatagan und trieb den Schecken vorwärts. Im Vorbeireiten faßte sie den Muselman bei der Locke, die auf seinem kahlen Scheitel stand, und hieb ihm den Kopf ab, den sie stolz emporhielt.

Da war der Dritte. Er hielt sein schnaubendes Pferd an und musterte das hübsche, derbe Weib mit wohlgefälligen Blicken.

»Komm mit mir«, rief er, »wilde Rose der Steppe, Du sollst den Harem eines Fürsten schmücken! Von Pracht umgeben, in Hermelin geschmiegt, sollst Du als Sultanin auf weichen Kissen ruhen, von Sclaven bedient.«

Das Kosakenweib antwortete mit einem lauten Lachen, löste die Schlinge vom Sattelknopf, warf sie dem Muselman über den Kopf und riß ihn vom Pferde herab. »Ergieb Dich«, rief sie ihm zu, »oder ich töte Dich!«

Der Tatar warf sich vor ihr auf die Knie und kreuzte die Arme auf der Brust.

»Rühre Dich nicht«, fuhr Bascha fort, »eine Bewegung, und Dein Kopf fliegt vom Rumpfe herab!« Sie stieg ab, näherte sich dem Gefangenen vorsichtig von hinten, band ihm die Arme auf dem Rücken und befahl ihm dann, aufzustehen. Nachdem sie die Schlinge wieder am

Sattel befestigt hatte, plünderte sie noch des gefallenen Tataren Pferd. Sie fand verschiedene Kostbarkeiten, einen türkischen Stoff, Silberzeug, ein goldenes Kreuz und ein Paar funkelnde Ohrgehänge, die sie jubelnd emporhielt. Nachdem sie ihre Beute in den Mantelsack geschnürt hatte, stieg sie wieder auf den Schecken.

»So!« rief sie dem Tataren zu, »jetzt bist Du mein Sclave und sollst mir den Acker bestellen, so lange mein Mann nicht arbeiten kann. Vorwärts!« Sie ließ den Kautschuk knallen. »Vorwärts!«

Menschenware

Zur Zeit als jenseits der Save noch der Halbmond herrschte, lebte in dem croatischen Dorfe Krukovacz ein seltsames Ehepaar. »Es ist genau so, als hätte man Wolf und Lamm zusammen eingespannt«, sagten die Leute in der Gegend, wenn sie von Starbo Barowitsch und Ursa, seiner Frau, sprachen. Der Wolf war Starbo, und doch war er eigentlich kein böser Mensch, nur leichtfertig, und von allen leichten Dingen, die er an sich hatte, war sein Gewissen das allerleichteste.

Gut, daß sie keine Kinder hatten. Ursa war hübsch und klug und fleißig, aber was half das. Der Taugenichts Starbo ließ doch alles durch die Kehle rinnen, und was nicht durch die Kehle rann, das verspielte er, und was er nicht verspielte, das verflog Gott weiß wohin.

Ja, die Guzla konnte er spielen, daß die Leute die Thränen wischten oder aufjauchzten oder die Beine selbst zu hüpfen begannen, je nachdem es eine Weise war, die von den alten Helden und den Türkenkämpfen sang, oder ein Schelmenlied oder die Melodie des Kolotanzes. Auch stehlen konnte er, das mußte man ihm lassen. Die Zigeuner schämten sich und giengen bei Seite, wenn sie ihm begegneten, so sehr war er ihr Meister. Doch stahl er nur Pferde und verkaufte sie über die Save hinüber und schwärzte Waren hin und her, vor allem gelben, lockigen türkischen Tabak. Aber sonst that er nichts als auf der Ofenbank liegen oder zur schönen Sommerzeit in irgend einem Heuschober.

Drüben, an dem anderen Ufer hatte Starbo Barowitsch einen guten Freund, den Beg Asmam Gopcinowitsch. Wenn sie auch verschiedenen Glaubens waren, und der Beg wohlhabend war, und Starbo nie einen Gulden in der Tasche hatte, so liebten sie sich doch zärtlich. Sie trieben ihren Handel seit langer Zeit und trieben ihn ehrlich, und jedesmal, wenn sie sich trafen, schüttelten sie sich die Hände und küßten sich und küßten sich wieder.

So gieng es Jahr aus Jahr ein, bis es endlich einmal nicht mehr gieng. Es kam der Winter, Schnee war gefallen, und es fehlte an allem im Hause, die Steuern waren nicht bezahlt und kein Groschen war da, nichts.

Starbo saß und brütete.

»Arbeite doch lieber«, sagte Ursa seufzend.

Starbo erhob sich und gieng hinaus. Als er zurückkam, brachte er ein Pferd mit und band es im Stalle an. Dann lag er wieder da und träumte.

»Höre doch, mein Theuerer«, begann Ursa, indem sie sich zu ihm setzte und ihm den schwarzen Kopf zu krauen begann, »so kann es nicht fortgehen.«

»Du hast recht«, gab er zur Antwort, »ich bin ein Lump, ja das bin ich, ein Taugenichts; aber warum hat mich Gott in seiner Güte so erschaffen und nicht anders?«

»Nimm dich zusammen, arbeite.«

»Ich kann nicht, Ursa, hab' nicht die Natur dazu, aber ich sehe ein, daß Du ein schlechtes Leben bei mir hast. Ändere Dir's.«

»Wie?«

»Wie? Ich wüßte ein Mittel, durch welches uns beiden geholfen werden könnte.«

»Was also? sprich!« Sie stieß ihn mit der Faust in die Rippen.

»Wenn Du einwilligen wolltest – daß ich – daß ich Dich als Sclavin verkaufe.«

»Mich, als Sclavin! Bin ich denn ein Vieh?«

»Der Mensch ist auch eine Ware«, erwiderte er, »besonders ein Weib, und nun gar ein schönes Weib wie Du.«

Ursa hatte die Arme unter der vollen Brust gekreuzt und sah ihn an, sie verstand ihn nicht, sie wurde irre an ihm, an sich selbst, an Gott. »Du bist ein Unmensch, Starbo«, murmelte sie endlich.

»Im Gegenteil, ich meine es nur gut mit Dir«, versetzte er lächelnd, »im Harem, da erst würdest Du ein Leben haben, Deiner würdig! Ist denn das hier ein Haus für Dich? Hast Du nicht das Recht andere Kleider zu tragen als diese geflickten, die Dich verunstalten. Dort würde man Deinen weißen Leib in wohlriechendem Wasser baden, Deine schlanken Glieder in Hermelin hüllen, Dir Teppiche unter die Füße breiten. Und Sclaven und Sclavinnen würden Dich bedienen, und Du könntest sie schlagen soviel es Dir Vergnügen macht. Lacht Dir nicht das Herz dabei, Weibchen?«

»Nein.«

»Du kannst sogar Sultantin werden, was? ein Weib wie Du, warum nicht?«

»Das gefiele mir schon«, sagte Ursa.

»Also, entschließe Dich«, drängte Starbo.

»Du liebst mich also gar nicht?« fragte Ursa mit einemmal, während ihre blauen Augen an ihm hingen, als wollten sie ihm das Blut aus dem Leibe saugen.

»Gewiß, Ursa, aber was kannst Du Dir dafür kaufen? Gibt Dir der Jud' auch nur ein Schminktöpfchen für meine Liebe? Kannst Du Dich in meine Liebe kleiden? oder damit Deinen Hunger stillen, wenn Dein Magen knurrt?«

Wirklich knurrte Ursa's Magen, laut, wie ein böser Köter, der unter der Bank liegt und eine fremde Stimme hört.

»Na, so sei's denn«, sagte sie.

»Du willst also, ja?«

Sie nickte mit dem Kopf. Dann stand sie auf und gieng zu der Wasserkufe, und da sie keinen Spiegel hatte, betrachtete sie sich aufmerksam in dem reinen Wasser, und das Gesicht, das ihr entgegenblickte, machte ihr Muth.

Ja, sie wird Sultanin werden, warum nicht?

»Du mußt schön sein«, sagte Starbo am Abend zu ihr, »wenn ich Dich verkaufen soll. Klopft nicht Abraham auch erst die Motten aus seinen Pelzen heraus, ehe er sie zu Markt bringt?«

Nun gieng er in den nächsten Tagen umher und erzählte jedem dasselbe Märchen von einem Pascha, der sich in Ursa verliebt habe. Diesem Pascha werde er sie jetzt um tausend Ducaten verkaufen. Und mit diesen schönen Reden borgte er hier ein Paar neue Stiefel, dort ein Kopftuch, schwatzte dem Einen Korallenschnüre ab und dem Anderen ein paar Ohrgehänge und lockte endlich sogar dem schlauen Abraham einen neuen Schafspelz heraus.

Ursa wusch sich indes ihr Sonntagshemd und stickte sich dasselbe vorne und an den Ärmeln mit rother Wolle. Dann trug sie heimlich ein paar Scheffel Kartoffel, die letzten, zu dem Krämer Pinzach Grünstein und handelte dafür rothe und weiße Schminke ein.

Als alles da war, beschlossen sie auszuziehen. »Nur keine Zeit verlieren«, sagte Starbo, der in bester Laune war.

So zog sich denn Ursa an, ruhig, ohne Freude und Trauer. Sie ließ sich von Starbo die Stiefel anziehen, dann den Pelz, ließ sich von ihm die Ohrgehänge befestigen und die Korallenschnüre, ließ sich das Tuch um den Kopf binden, und einen Ring an den Finger stecken, alles gleichgiltig, wie eine Wachsfigur, der man ein anderes Costüm anzieht. Dann schminkte sie sich vor der Kufe, während er sich bereit machte und das Pferd aus dem Stalle führte.

»Teufel! Bist Du hübsch!« rief Starbo, als sie in den Hof, in das grelle winterliche Licht heraustrat. Mit einemmale war es ihm leid um sie. Sie lächelte stolz, und ihre Brüste, die wie zwei Schneeballen in dem schwarzen Pelz lagen, hoben sich.

»Laß mich«, sagte sie, »Du wischst mir das theuere Weiß und Roth herab, und ich habe kein anderes.« Starbo sah sie noch einmal an, seufzte auf und stieg zu Pferde, während sie ihm den Bügel hielt. So verließen sie denn das Haus und das Dorf. Er ließ das Pferd im Schritt gehen, und sie watete neben ihm durch den Schmutz.

Die künftige Sultanin fand das ganz in der Ordnung.

Der Tag war übrigens schön. Die Bäume standen kahl gegen den hellen Himmel, dafür gab es aber auch überall Durchsicht und Sonne, und so erschien alles freundlich und heiter. Das Thauwetter hatte den Schnee weggefegt und der Wind die Landstraße getrocknet. Das Laub raschelte unter Ursas Füßen. Die Sonne stand schon nieder. Die Bäume warfen große, aber schwache Schatten, Schatten, die riesigen Ruthen glichen.

Das schöne Weib im Lammpelz dachte, dachte an die Sclaven, die es bald unter den Füßen halten und schlagen sollte, und lachte.

Alles war hell. In der Ferne lag ein leiser Duft. An dem blaßblauen Himmel waren nur ein paar weiße Flocken zu sehen.

Vor ihnen stieg ein Dorf herauf, von der Sonne beglänzt. Der Rauch erhob sich gerade in die Luft. Tauben flogen hin und her. Die Erde lag kahl, ohne jeden Schmuck, kahl die Felder, die Wiesen, die Bäume, Krähen zogen in Scharen. Von Zeit zu Zeit erhob sich ein leichter frischer Wind, bewegte die dürren Blätter, die noch an den Zweigen hiengen und schüttelte die Disteln am Wegsaum wie Schellen durcheinander.

Auf der Wiese, vor dem Dorf, weideten ein paar Gänse. Auf einem schwarzen Acker stand ein Mistwagen mit zwei Ochsen bespannt.

Tiefe Stille herrschte in der todten Natur, nur das Krächzen der Saatkrähen unterbrach manchmal das lautlose Schweigen.

Bei der Schenke machte Starbo Halt und trank, trank ordentlich, wie ein Mann, der dem Sultan schöne Ware liefert, schönes Frauenfleisch, das Pfund zu hundert Ducaten. Er reichte Ursa das Glas, aber sie nippte nur leise.

Und so machte er es jedesmal, bei jeder Schenke, und es gab deren viel auf dem Wege, ehe sie von Ferne das Silberband der Save blinken sahen. Jedesmal wurde es ihm schwerer abzusteigen, jedesmal schwankte er mehr und mehr, jedesmal dauerte es länger, ehe er mit Hilfe seines Weibes in den Sattel kam.

Endlich, im letzten Dorf, wollten ihn die Beine schier nicht mehr tragen. Er saß da, an die Wand gelehnt und nickte ein, während Ursa draußen stand und die Blicke über den Fluß hinschweifen ließ.

Über der Thüre der Schenke hieng ein großer, dürrer Busch. Der Wind ließ ihn wie einen Gehängten am Galgen langsam hin- und herbaumeln.

Starbo war jetzt wie dieser Busch, dachte Ursa, ja noch schlimmer, ein Vieh. Pfui! Sie spie aus.

Plötzlich gieng ihr ein komischer Gedanke durch den Sinn, ja, er war zu komisch, dieser Gedanke; er kitzelte sie, sie mußte lachen.

»Warum soll er mich verkaufen?« dachte sie, »ich kann ja ebenso gut *ihn* verkaufen. Da bin ich ihn auch los.«

Sie gieng rasch zum Zaun, an dem zwei starke Stricke hiengen, spähte umher, ob sie jemand beobachte, nahm sie herab und gürtete sie dann mit denselben unter dem Pelz, den sie schloß. Dann trat sie in die Schenkstube und schlug Starbo auf die Schulter.

»Vorwärts, Mann«, rief sie, »es wird Nacht.«

Starbo riß die Augen weit auf.

»Ja, ja.«

Er stand auf, tastete sich an dem Tische hin und pflanzte sich jetzt mitten in der Schenkstube auf, die Beine auseinandergespreizt, während er, einem betenden Juden gleich, den Oberkörper hin- und herschaukelte. Ursa führte ihn hinaus, hob ihn mit Hilfe der Wirtin auf das Pferd, und es gieng wieder vorwärts.

Sie waren mitten in einem kleinen Hain, als Starbo sein Pferd anhielt, abstieg, zur Erde fiel, wieder aufstand, und endlich, den Arm um den Hals des Pferdes gelegt, Athem schöpfte. »Es geht nicht mehr, – ich sehe nichts mehr – ich bin schwindlig« – stammelte er, »laß mich ausruhen.«

»Es wird ja Nacht.«

»Nacht? Schlafenszeit! Schlafen wir also.« Er versuchte den nächsten Baum zu erreichen, wie er aber so hin und herschwankte, faßte ihn Ursa plötzlich beim Genick, stieß ihn mit den Knieen in den Rücken und warf ihn zur Erde. Dann setzte sie sich rittlings auf ihn, hielt ihn zwischen ihren starken Schenkeln gefangen, bog ihm die Arme nach rückwärts, löste die Stricke und band ihm die Hände auf den Rücken.

Bisher hatte Starbo keinen Laut von sich gegeben, als sie aber jetzt aufsprang, und ihn auf die Kniee aufrichtete, starrte er sie an und lallte: »Was – soll – denn das?«

Sie gab ihm keine Antwort, sondern schlang ihm den anderen Strick um den Leib und zog ihn fest zu.

»Was willst Du denn von mir?« fragte Starbo.

»Was ich will?« erwiderte sie, »Dich als Vieh behandeln, denn Du bist ein Vieh.«

Plötzlich war Starbo vollkommen nüchtern. Er stand auf, begann zu fluchen und mit dem Fuße nach Ursa zu stoßen. »Was hast Du vor, Teufelsweib, Hündin!« rief er, »wozu hast Du mich gebunden, Bestie?«

Ursa, das Ende des Strickes, den er um den Leib hatte, fest in der Faust, hob den Kantschu auf, bestieg rasch das Pferd und befestigte die Schlinge an dem Sattelknopf. »Vorwärts!« gebot sie dann ruhig.

»Nein, ich gehe nicht, ich gehe nicht von der Stelle«, schrie Starbo, doch sie trieb das Pferd an und schwang den Karbatsch über Starbo's Rücken, und er gieng doch.

»Was hast Du vor?« fragte er wieder.

»Dich als Sclaven zu verkaufen«, gab sie zur Antwort.

»Welche Sünde! Bist Du eine Christin?«

»Der Mensch ist auch eine Ware«, erwiderte sie, »hast Du's nicht selbst gesagt? und der Mann ebenso gut wie das Weib.«

»Erbarme Dich, Ursa, ich will mich bessern, will Dir gehorsam sein, Dir unterthänig.«

Sie lachte ihn nur aus. »Für Dich gehört die Peitsche«, sagte sie, »ich bin zu gutmüthig, ich könnte Dich doch nicht so tractieren, wie Du es verdienst. Du mußt einen Herrn haben, der Dir den Fuß kräftig auf den Nacken setzt. Freue Dich, das Sclavenleben ist wie für Dich geschaffen, da wirst Du alle Deine Sünden abbüßen und Dir das Himmelreich erringen. Wenig zu essen, nichts zu trinken, Maulschellen, Fußtritte, Prügel. Das ist es ja eben was Du brauchst.«

»Oh! ich Dummkopf!« jammerte Starbo, »ich Spatzenkopf, ich Schwein … mich um meinen Kopf zu saufen …«

Als sie an das Ufer der Save kamen, zu dem hölzernen Kreuz, erwartete sie bereits Asmar mit seinem Kahn und seinen Leuten.

Erst war er ein wenig verwundert, als er Ursa zu Pferde und Starbo gebunden sah, dann lächelte er jedoch in seinen schönen, schwarzen Bart hinein und fand den Spaß unbezahlbar. Hätte es ihm seine orientalische Würde erlaubt, so hätte er laut aufgelacht.

Ursa begann mit ihm zu handeln.

»Was? Du willst mich kaufen? mich, Deinen Freund?« rief Starbo.

»Warum nicht«, sagte Asmar immer lächelnd, »ich kaufe alles, Handel ist Handel.«

»Oh! Du Schuft!« schrie Starbo auf.

Das entschied. Asmar schlug in Ursa's Hand ein. Das Geschäft war abgeschlossen. Er zählte ihr das schöne blanke Gold in ihre Schürze, und sie band es ruhig in ihr blaues Taschentuch und zog mit ihren schönen, festen Zähnen den Knoten zu.

»Also ein Schuft bin ich?« fragte jetzt Asmar den bleichen, bebenden Starbo, der die Augen zur Erde senkte, und ehe der Unglückliche antworten konnte, gab er ihm eine Ohrfeige, riß ihn beim Haar zu Boden und trat auf ihm herum, wie auf einem Hund, der sich nicht dressieren lassen will.

»Genug! genug!« rief Starbo, »ich ergebe mich – ich bin Dein Sclave – ich will Dir dienen.« Und als der Türke ihn losließ, schleppte er sich auf den Knieen zu ihm hin und preßte seine Lippen auf die rothen Pantoffel seines Tyrannen.

Auf Asmars Wink packten ihn dessen Leute, warfen ihn in den Kahn, nicht anders als einen Warenballen und stießen dann rasch vom Ufer ab.

Ursa, die Arme in die vollen Hüften gestemmt, blickte ihnen eine Weile nach, dann wendete sie ihr Pferd und ritt langsam den Weg zurück, den sie gekommen war.

Während Asmar mit seinem neuen Sclaven dem türkischen Ufer zusteuerte, hörten die im Kahn Ursa drüben lachen, und wie? so laut, so herzlich, wie ein Kind, das zum erstenmal den Hanswurst sieht.

Starbo stöhnte auf. »Oh! ich Dummkopf«, begann er zu klagen, »mich um den Verstand zu saufen, um die Freiheit, um mein Weib, um alles.«

»Schweig!« herrschte ihm Asmar zu, und gab ihm einen Fußtritt.

Starbo verstummte, aber von drüben her, wo die österreichischen Tschardaken standen, hörte man noch immer Ursa lachen, so laut! so silberhell! so glücklich!

Die Sclavenhändlerin

Im Schlosse zu Zmigrod, nahe der russischen Grenze, konnte man in einem der Thurmzimmer ein kleines, wohl in der ersten Hälfte dieses Jahrhunderts von einem polnischen Künstler gemaltes Ölgemälde sehen, welches die Manier der alten holländischen Meister so getreu copirte, daß man es leicht für ein Werk von Dow oder Mieris hätte halten können.

Das Bild wurde gewöhnlich mit dem Titel »Die Sclavenhändlerin« bezeichnet, aber die schöne Frau, welche es vorstellte, so majestätisch, mit tief dunkeln Augen unter dem ihre Kopfbedeckung bildenden Turban, im reichen goldgestickten Pelz und mit einer Geißel in der Hand, hatte in ihrem ganzen Ausdruck etwas so fremdartiges, durchaus persönliches, daß es jedem Touristen, dem man es zeigte, sofort zur Gewißheit wurde, er habe es hier mit keinem Genrebild, sondern mit einem höchst charakteristischen, lebenswahren Portrait zu thun.

Je länger man dieses kleine Meisterwerk betrachtet, um so mehr fühlt man, daß es eine Geschichte haben müsse, und wirklich, die vergilbten Blätter der Chronik von Zmigrod, welche der gelehrte Orts-Caplan so sorgfältig aufbewahrt, erzählen uns von dem Modell zu diesem Bilde einen Roman, der sich an Merkwürdigkeit Allem, was uns Boccaccio, Brantôme und die Königin von Navarra Außerordentliches von den schönen, höchst ehrenwerthen Damen der vergangenen Jahrhunderte zu erzählen wissen, würdig zur Seite stellen läßt.

Die schöne Sclavenhändlerin hieß Marina Zmigrodska und war die Tochter des polnischen Oberst Titus Zmigrodska. Mit der ganzen Innigkeit und Glut eines jungen, zärtlichen und lebensunkundigen Herzens liebte sie einen jungen, schönen, aber armen Edelmann; ihre Eltern hatten jedoch beschlossen, sie an den Grafen Rzewinski zu verheirathen. Um jeden möglichen Widerstand schon im Keime zu ersticken, überfiel man den Geliebten des jungen Mädchens in der Nacht und brachte ihn in ein Kloster in sicheres Gewahrsam. Dagegen war die Willenskraft des jungen Mädchens nicht so leicht zu beugen. Sie schien sich den Anordnungen ihrer Eltern zu fügen und empfing ruhig den Bräutigam, welchen man ihr zugedacht hatte, als aber eines Abends ihre Eltern von Hause fort waren, raffte sie alle Werthsachen, deren sie habhaft werden konnte, zusammen, verkaufte sie durch Vermittelung des jüdischen »Factors« Nehemias Frosch, der ihr sehr ergeben war, und entkam glücklich in männlicher Verkleidung. Zuerst flüchtete sie nach der Moldau und von dort zu Schiff nach Constantinopel, wo sie von dem Jesuiten-Pater Golombski, einem Freunde ihrer Familie, Unterstützung und Protection zu erlangen hoffte.

In diesem Punkte erlitt Marina jedoch eine große Enttäuschung; nachdem der Pater ihre Geschichte vernommen hatte, führte er die Arglose in eine Art Kloster, welches seinem Orden affiliirte Schwestern in der türkischen Hauptstadt eingerichtet hatten, und plötzlich sah der schöne Flüchtling, daß er gefangen und unter strengster Bewachung war.

Zu gleicher Zeit beauftragte der Pater einen Mönch vom Orden der barmherzigen Brüder, den Eltern Marinas einen Brief zu überbringen. Zufällig übernachtete der gute Bruder auf seiner Reise auch in demselben Kloster, in welchem man den Geliebten Marinas internirt hatte. Nachdem dieser aus den Erzählungen des Mönchs Kunde vom Schicksal seiner Geliebten erlangt hatte, gelang es ihm, aus dem Kloster zu flüchten, und nach unbeschreiblichen Mühen, nach tausend Gefahren erreichte er endlich Constantinopel, wo es ihm dank der Hülfe eines Armeniers glückte, schon nach einigen Tagen Marina aufzufinden.

Jener Orientale, Namens Nestor Baraskan, war nämlich ein Freund des Juden aus Zmigrod, den er auf der Leipziger Messe kennen gelernt hatte. Auch Marina war es gelungen, sich der Aufmerksamkeit ihrer Wächterinnen zu entziehen; sie war sofort zu dem Armenier, der Sklavenhändler war, geeilt und setzte bei ihm den sorgfältig verwahrten Creditbrief des Juden in baare Münze um. Zunächst verschaffte sie sich dann das reiche Gewand eines vornehmen Türken und erstand darauf in einem der Vororte ein kleines Häuschen; einige Negersclaven bildeten ihre Bedienung. So lebte sie inmitten dieser Türken, Griechen und Armenier, unter denen sie für einen jungen Moslem von vornehmen Stande galt. Da Roman von Frosch ebenfalls einen Creditbrief und Empfehlungen an den Armenier erhalten hatte, war es für ihn nicht schwierig,

Marinas Aufenthalt auszukundschaften, und er lag seiner Geliebten zu Füßen, als diese es sich am wenigsten träumen ließ.

Für die beiden Geliebten war eine Periode reinen ungetrübten Glücks angebrochen; köstliche, unvergleichliche Flitterwochen, die sich ein ganzes Jahr hindurch in ununterbrochener Reihe fortsetzten, verlebten die Glücklichen in einem Rausche, voll von den leidenschaftlichsten Genüssen, den süßesten, innigsten Zärtlichkeitsbeweisen. Aber mit der Zeit wurde die Liebesflamme schwächer, sie verzehrte sich selbst. Wie jede Leidenschaft erstarb auch die Romans und Marinas an ihrer vollständigen Befriedigung. Roman wurde kühler und immer kühler, und Marina war erstaunt, ihn bei näherer Betrachtung weniger schön und liebenswerth, ja sogar langweilig und schwerfällig zu finden. Sie fragte sich: »Wie habe ich für ein solches Wesen Alles aufopfern können, was mir lieb und theuer war, Vater, Mutter, Vermögen, Heimath und Vaterland? Dafür soll ich Leben und Ehre hingegeben haben, dafür?«

Zunächst wurde sie seinen Liebkosungen gegenüber nur gleichgültig, allmählich aber erschien ihr der junge, bisher so glühend geliebte Mann mehr und mehr lächerlich, und endlich war sie nur noch von der alles Andere erstickenden Idee beherrscht: »Auf welche Art kann ich mich Romans so rasch wie möglich und für immer entledigen?«

Eines Tages besuchte sie den Armenier. Sie trug die Kleidung der vornehmen türkischen Haremsdamen, den dichten Schleier und einen reich mit kostbarem Pelzwerk besetzten Kaftan. Und wie wunderbar! Nun, da sie vor Nestor Baraskan stand, bemerkte sie zum ersten Male, daß er ein sehr schöner Mann war, dessen kraftvolle Gestalt einen vorzüglichen Eindruck auf sie machte, und auch er entdeckte mit ähnlichem Erstaunen die seltenen Reize und die pikante Schönheit der jungen Polin, der er, so lange er sie nur in Männerkleidern gesehen, keine besondere Aufmerksamkeit geschenkt hatte.

»Ich brauche Geld«, sagte Marina.

»Alles, was ich besitze, o schöne Dame, steht zu Deiner Verfügung«, erwiderte der Armenier, »wenn Du die Sonne Deiner Gunst auch über mir ein wenig leuchten lassen willst.«

Marinas Augen hafteten am Boden, während ihre Hände leise über das weiche Pelzwerk ihres Gewandes streiften; langsam ließ der Sclavenhändler seinen langen, dichten, schwarzen Bart durch die nervigen, aber weißen, wohlgepflegten Hände gleiten.

»Du hast mich falsch verstanden«, antwortete Marina, »ich wollte ein Geschäft mit Dir machen.«

»Wie Du willst.«

»Mein Geliebter langweilt mich.«

Der Armenier lachte laut auf.

»Ein Grund mehr, einen Anderen zu nehmen, der Dir Vergnügen und Zerstreuung bietet.«

»Und dieser Andere willst Du sein?«

»Ja, ich!«

»Nun gut, wir wollen sehen«, fuhr sie fort, »vor Allem liegt mir aber jetzt daran, mich Roman's zu entledigen. Willst Du ihn mir abkaufen?«

»Wie denn?«

»Nun, ich will ihn Dir als Sclaven verkaufen, verstehst Du mich jetzt?«

»Vollkommen«, erwiderte der Armenier lächelnd.

Bald waren sie einig, die Festsetzung des Preises machte die geringste Schwierigkeit, und sofort machte Marina sich mit der ganzen, ihr eigenen Energie und aller List, deren sie fähig war, ans Werk. Nach Hause zurückgekehrt, ließ sie Roman zu sich bitten und auf dem Divan, auf welchem die schöne Verrätherin halb liegend ruhte, Platz nehmen.

»Soeben habe ich Sorbet bereitet«, sagte sie zu ihm, »willst Du davon kosten?«

»Warum nicht?« antwortete der Pole.

Darauf schlug Marina zweimal an eine Metallscheibe, die neben ihr an der Wand hing.

Sogleich erschienen zwei Neger, von denen der Eine das Sorbet trug, während der Andere eine mit Eis gefüllte Karaffe herbeibrachte.

Marina mischte das Sorbet mit dem Wasser in einem Glase, reichte es ihrem Geliebten, der es leerte und einige Minuten danach in einen tiefen Schlaf sank.

Beim Erwachen fand Roman sich mit gebundenen Händen und Füßen im Hause Nestors vor, der ihn mit spöttischem Blick betrachtete.

»Wo bin ich?« rief der unglückliche, junge Mann aus, »was soll das heißen?«

»Das soll heißen«, antwortete Marina mit süßem Lächeln, »daß ich Deiner überdrüssig bin und Dich aus diesem Grunde als Sclaven verkauft habe. Dies hier ist Dein neuer Herr, dessen willenloses Eigenthum Du nun geworden bist. Gieb Dir Mühe, Dich ruhig in Dein Geschick zu finden.«

»Niemals!« brüllte Roman und riß wie ein Wahnsinniger an den Stricken, die ihm tief ins Fleisch schnitten.

»Du bist ein Narr«, rief Marina, »daß Du jetzt noch Widerstand zu leisten wagst.«

»Beruhige Dich«, sagte der Armenier, während man den Polen an einen in der Mauer angebrachten Eisenring fesselte, »ich werde ihn rasch zähmen, Du sollst es sehen.« Dabei streifte er seinen mit Fuchspelz besetzten Ärmel zurück und nahm von einem Nagel eine große, starke, dreisträhnige Sclavengeißel.

Während der Geliebte der schönen Marina sich in Schmerzen wand und unter den schrecklichen, mitleidslosen Streichen vergebens um Gnade und Mitleid flehte, wandte sich der Armenier mit liebenswürdigem Lächeln an die junge Frau.

»Nun, hast Du über meinen Vorschlag nachgedacht? Willst Du meine Geliebte werden?«

»Ich will«, antwortete Marina im einfachsten Tone der Welt.

Einen Augenblick hielt der Armenier inne, umschlang mit seinen kräftigen Armen den biegsam-schlanken, stolzen Leib der jungen Frau und küßte zweimal ihre schönen, rosigen Lippen. Dann nahm er seine vorige Stellung hinter dem unglücklichen Polen ein, der sich jetzt vollständig in sein Geschick ergeben hatte und zu den Füßen seines Peinigers, der ihn von Neuem mit einem Hagel von Hieben überschüttete, wie ein Hund winselte.

Einige Zeit hindurch fühlte Marina sich an Nestors Seite vollkommen glücklich: er umgab sie mit dem raffinirtesten Luxus und überhäufte sie mit tausend Aufmerksamkeiten. Da sie aber schon den Reiz, der im Wechsel liegt, gekostet hatte, kam sie bald wieder auf den Punkt, die prickelnden Liebkosungen eines bärtigen Mundes, der nicht derjenige des Händlers war, herbeizusehnen, von anderen Augen als den seinigen zu träumen, kurzum, Verlangen nach einem anderen Manne zu empfinden, wäre er selbst weniger schön, als der Sclavenhändler.

Da sie diesmal jedoch ehrlich zu handeln wünschte, war sie so offen, ihrem Geliebten zu gestehen, was in ihrer Seele vorging und dieselbe mit dämonischer Macht in Aufruhr versetzte. Nestor ließ seinen langen Bart ruhig durch die Finger gleiten und sagte nur:

»Ich fürchte, ich werde eifersüchtig sein und Jeden töten, der sich Dir zu nähern wagt.«

»Warum willst Du unnütz Blut vergießen«, antwortete Marina, »mein Herz werde ich an Niemand verschenken, sondern bald eines Jeden überdrüssig sein, dann soll er Dir gehören, ich will ihn Dir als Sclaven verkaufen.«

Lächelnd hatte der Armenier zugehört.

»Es ist etwas an Deinem Plane«, sagte er, »um so mehr, als weiße Sclaven heutzutage sehr selten sind und einen hohen Preis erzielen.«

»Also abgemacht?«

»Abgemacht!«

»Und wir bleiben gute Freunde?«

»Ich hoffe es und wünsche es.«

Der Erste, welcher sich in Marinas Schlingen fing, war der Jesuitenpater. Endlich hatte er ihr Versteck aufgefunden und überbrachte ihr die Nachricht von der Vergebung ihrer Eltern. Auch versuchte er, sie zur Rückkehr in ihre Heimath zu bestimmen, aber seine Worte vermochten nicht gegen die stumme aber hinreißende Beredsamkeit anzukämpfen, welche die dunkeln Augen Marinas, ihre weißen und runden Schultern, ihre üppigen Hüften und ihre lüsternen Küsse, die sie nach Schlangenart mit der Zungenspitze gab, entwickelten. Der alte, sonst so geriebene Fuchs ging blindlings in die Falle; Marina hätte, wenn es ihr Wille gewesen wäre, ihn bei lebendigem Leibe schinden können; sie begnügte sich jedoch damit, ihn bis ins Mark zu entflammen und ihm einige Wochen leidenschaftlichen Liebesrausches zu gewähren. Dann übergab sie ihn in dunkler, stiller Nacht, an Händen und Füßen wie ein Thier, das man zur Schlachtbank führt, gefesselt, dem Armenier.

In kurzen Zwischenräumen verkaufte sie auf gleiche Art noch fünf ihrer glühendsten Anbeter dem Sclavenhändler, der ihnen mit seiner dreisträhnigen Sclavengeißel ein grausames Erwachen aus süßem Liebestraum bereitete. Dann aber fand sie es zu langweilig, sich so lange mit einem Manne aufzuhalten und unternahm nun ein höchst merkwürdiges Geschäft. Zu gleicher Zeit Courtisane und Sclavenhändlerin, arbeitete sie mit außerordentlicher Energie und Hand in Hand mit dem Armenier und machte mit ihrer lebenden Waare ein blühendes, lukratives Geschäft.

Es gab Tage, an denen sie ihrem Associé mehrere Sclaven auf einmal zuführte. Tag für Tag, Jahr für Jahr vollzog sich dieselbe Scene mit größter Regelmäßigkeit.

Von einer alten Frau geleitet, betrat der Unglückliche Nachts unter allen erdenklichen Vorsichtsmaßregeln das Haus und fand in einem mit orientalischem Luxus ausgestatteten Gemach eine Frau von hinreißender Schönheit, bekleidet mit einem goldgestickten, reich mit fürstlichen Hermelin verbrämten Kaftan, deren gluthvolle Augen einer Houri alle unaussprechlichen Wonnen des Paradieses verhießen. Ihr zu Füßen stammelte er wilde Liebesschwüre oder betete seine Göttin in stummer Extase an, bis eine kleine Hand ihm mit schmeichelnder Zärtlichkeit zu Hilfe kam und feuchte, rosige Lippen ihn mit Vampyr-Küssen zu ersticken drohten.

Wenn der Unselige von diesem Traume aus 1001 Nacht erwachte, fand er sich von Neuem zu den Füßen des herrlichen Weibes, welches dann in seinen weichen Pelz gehüllt, die Arme im Nacken gekreuzt, lässig auf dem Divan ruhte, während der nackte Fuß mit trotziger Bewegung den Anbeter von sich schob; ein leichtes, spöttisches Lächeln begleitete diesen symbolischen Vorgang. Marinas kleines Händchen schlug leicht an die Silberschaale, die neben dem Divan hing, und ein schriller, metallischer Ton schwirrte durch das Schweigen des Morgens, der mit seinem fahlen Licht die Fenster langsam erhellte. Sofort traten vier Neger ein, die sich auf das Opfer stürzten, ihm Hände und Füße zusammenschnürten und jeden Hilferuf durch einen Knebel erstickten. Dann zogen sie der frischen Waare einen weiten Sack über Kopf und Leib, luden sie auf ein Maulthier und lieferten sie dann bei dem Armenier ab.

Der Sclavenhändler seinerseits ließ jeden Unglücklichen, den Marina ihm verschaffte, sogleich an einen in die Mauer eingelassenen Ring binden und peitschte den neuen Sklaven aus Leibeskräften so lange, bis dieser sich in sein Loos ergeben hatte und ihm voll Demuth und Scham zu Füßen sank. Sobald das Dutzend voll war, rüstete der Armenier ein Schiff aus, lud seine lebendige Waare dort hinein und schickte sie nach Damascus oder Alexandrien, denn sie direkt in Constantinopel zu verkaufen, wäre nicht gefahrlos gewesen.

So trieb Marina Zmigrodska lange Jahre hindurch mit einer Art von teuflischem Behagen dieses Metier als Sclavenhändlerin, bis sie eines Tages das erste kleine Fältchen auf ihrer Stirn wahrnahm. Da gab sie plötzlich mit einem Schlage ihr grausames, vernichtendes Geschäft auf und kehrte mit den zusammengescharrten Reichthümern in ihr Vaterland zurück, wo sie jedoch nur noch ihre Mutter am Leben vorfand; ihr Vater war schon seit langer Zeit tot.

Sie lebte dann zurückgezogen im Schloß ihrer Vorfahren inmitten von Negern, Dienern und Dienerinnen, die sie ebenso wie ihre leibeigenen Bauern mit der Peitsche in der Hand leitete.

Nur noch in seltenen Fällen erschien sie an der Öffentlichkeit, aber auch dann stets in türkischem Kostüm, mit golddurchwirktem, pelzverbrämtem Kleide und dem dichten Schleier, der wie ein Leichentuch die erloschene Gluth ihrer Augensterne deckte.

Sarolta

Die schöne Ungarin spielte von jeher eine Hauptrolle in der Geschichte des galanten Wien, denn es liegt in der Eigenthümlichkeit ihrer Raçe und ihres Landes, daß sie alle jene Reize vereinigt, von denen in der Regel ein einziger genügt, um ein Weib bezaubernd zu machen, feurige Schönheit, einen lebhaften mit allen öffentlichen Angelegenheiten vertrauten Geist, eine hinreißende Großmuth des Herzens, ein an Wildheit streifendes kühnes Amazonenthum, den Applomb der Aristokratin und die pikante Nonchalance der Demimonde-Dame. Von der Natur mit den zugleich beglückendsten und verderblichsten Gaben bis zum Übermaße ausgestattet, wird die schöne Ungarin je nach dem Stempel, den Lebensverhältnisse, Schicksal oder Neigung ihrem Wesen aufdrücken, das beste, herrlichste, oder auch das entsetzlichste Weib werden.

Sarolta, die Heldin unserer Geschichte trug ursprünglich ohne Zweifel alle Keime einer Madonna, und einer Astarte in sich; daß in ihrer Seele die dunklen Gewalten bald über die lichten himmlischen den Sieg davontrugen, lag vielleicht nur an der ersten unseligen Wendung, welche ihre Ältern ihrem Leben gaben.

Sie wurde mit kaum sechszehn Jahren an einen alten Mann verheirathet, einen Mann, den sie mehr fürchtete als achtete, und den sie durchaus nicht liebte, aber sie war eine arme Comtesse und mußte also den Traditionen ihres Standes getreu um jeden Preis eine reiche Heirath machen. Und die Folge? Eine Geschichte, die täglich wiederkehrt. Aeltern, welche den Idealismus des Herzens bei ihrem Kinde grausam verhöhnen und zum Besten desselben, wie sie glauben, ausrotten, werden statt des sicheren ruhigen Glückes, das sie demselben zu bereiten hoffen, nur Unzufriedenheit, Mißmuth, Sünde, und nicht selten sogar ernstes Unheil säen.

Sarolta war nicht zur Dulderin geboren; aus einem frühreifen Mädchen in einer freudenlosen nüchternen Ehe rasch zu einem eigenwilligen, selbstbewußten, klugberechnenden Weibe geworden, suchte sie den Genuß, der sie in ihrem Hause floh, außer demselben, und die Vorsicht, welche sie bei dem galligen Temperament und der Eifersucht ihres Gemahls dabei gebrauchen mußte, um nicht den ganzen asiatischen Glanz ihres Lebens mit einem Male auf das Spiel zu setzen, machte sie täglich nur noch herzloser, hinterlistiger und raffinirter. Sie war ein Weib jener wilden Raçe, welche in der Geschichte und Sage Ungarns eine typische Rolle spielt, welche sich, um ihre Schönheit ewig frisch und jung zu erhalten, im Menschenblute badet, ihren Liebhaber in den Pflug spannt und mit der Peitsche antreibt oder in ein Wolfsfell nähen läßt, um dann mit ihren Rüden auf ihn Jagd zu machen.

Ihre Schönheit war die eines Dämons. Hoch und schlank gewachsen, zeigte sie in jeder Bewegung die Weichheit, Elastizität und Energie des grausam-zierlichen Katzengeschlechtes. Blauschwarzes Haar von einer ungewöhnlichen Fülle rahmte ihr reizvolles Antlitz ein, dessen dunkles von sanftem Roth durchzogenes Kolorit an den Orient mahnte, unter dem geheimnißvollen Schleier langer dunkler Wimpern loderten ein Paar große schwarze, räthselhafte Augen. Sarolta erregte als Amazone durch ihren Muth und ihre dämonische Grazie nicht allein in Wien, wo sie mit ihrem Gatten den Winter zubrachte, sondern auch in ihrer Heimath, wo sie den Sommer über auf ihren Gütern weilte, allgemeines Aufsehen und entzückte die Frauen kaum weniger als die Männer. Jeder, der in ihre Nähe kam, in ihren Zauberkreis gerieth, fühlte nur zu bald die Macht ihrer zur Herrschaft berufenen Natur, aber Keiner wehrte sich gegen dieselbe, ein Jeder unterwarf sich willig, ja begeistert. So regierte sie in dem Kreise, der sie huldigend umgab, unumschränkt wie eine Monarchin und oft willkürlich und grausam, gleich der schlimmsten Despotin.

In Wien freilich mußte sie ihren Centaurenpassionen die Zügel anlegen, denn ein Ritt im Prater oder auf der Ringstraße war nicht im Stande, dieser ungestümen Pferdebändigerin zu genügen. Theater, Spiel, Gesellschaft und Lektüre mußten der launenhaften Frau hier im Vereine mit den Leidenschaften, welche sie in der Menge der ihr nahenden Männer erregte, die Zeit vertreiben. Dafür stürmte sie im Sommer, wenn sie ihren Aufenthalt wieder in dem alten Magnatenschlosse mitten in der Pußta genommen hatte, mit ihrem Viergespann gleich einem der trojanischen Helden über die unendliche Fläche oder hetzte mit einem Gefolge schöner Frauen und ritterlicher Männer einen armen Fuchs oder Hasen zu Tode, wobei sie allen voran Hecken, Zäune, Gräben und andere Hindernisse übersetzte, unbekümmert darum, ob einer von Jenen, die ihr verwegenes Beispiel fortriß, Arm, Bein oder gar das Genick brach. Ihr Gatte hatte, wie es in Ungarn Sitte ist, einen talentvollen Knaben, den Sohn eines seiner kleinen Beamten, der früh Waise geworden war, auf seine Kosten studiren lassen. Er hieß Stefan Bakotzi. Nachdem er das Gymnasium in irgend einem Neste tief unten in Ungarn zurückgelegt, kam er in das Haus des Magnaten nach Wien, um die Rechte an der ersten Universität Österreichs zu absolviren. Der erste Eindruck, den er auf seinen Protektor wie auf dessen junge Gemahlin machte, war ein sehr günstiger, und so wurde er denn wie der Sohn des Hauses aufgenommen und behandelt. Stefan war ein hübscher Blondin von zwanzig Jahren, kräftig gebaut, aber dabei frisch, weiß und roth wie ein junges Mädchen. Aus seinen blauen Augen sprach eine gewisse edle Einfalt und Schwärmerei. Anfangs zeigte er sich ziemlich schüchtern und unbeholfen, aber Sarolta, der dies für einige Zeit Zerstreuung versprach, übernahm es selbst, ihn zu dressiren und nach kaum einem halben Jahre hatte sich der junge intelligente Student die feinen Manieren der Aristokratie vollkommen angeeignet.

Im Mai übersiedelte die Herrschaft wie gewöhnlich nach Ungarn und Stefan blieb mit einem alten Haushofmeister so gut wie allein in dem Palais der Residenz zurück, um das Semester zu vollenden. Mit Beginn der Ferien eilte auch er in die Heimath.

Ein unseliger Zufall wollte, daß er Sarolta auf ihrem Schlosse allein fand. Ihr Gemahl, welcher an dem politischen Leben seines Vaterlandes regen Antheil nahm, war in Pest und in seiner Abwesenheit mußte die eroberungslustige Frau die äußerste Vorsicht gebrauchen, da sie keinen Augenblick darüber im Zweifel war, daß ihr Gatte sie mit Spionen umgab. Sie lebte also einsam und langweilte sich entsetzlich.

Die Ankunft Stefans, welche ihr Abwechslung und Zeitvertreib versprach, bekam unter diesen Umständen für Sarolta eine ganz ungewöhnliche Bedeutung. Sie erwartete ihn auf dem Bahnhofe der letzten Station und führte ihn selbst mit ihrem Viergespann in das Schloß. Auch für den jungen Studenten war die Situation jetzt eine ganz andere und weit gefährlichere als in Wien, wo sein Verkehr mit der schönen Magnatin stets durch Zeugen eingeschränkt war.

Sarolta hatte nichts zu thun und wollte sich um jeden Preis unterhalten; sie begann also mit Stefan zu kokettiren und eroberte den unerfahrenen jungen Mann in kurzer Zeit so vollständig, wie sie es vielleicht anfangs weder erwartet noch auch beabsichtigt hatte, und als sie erst seiner reinen mächtigen Leidenschaft gewiß war, gab sie sich auch dem ihr fremden Elemente willenlos hin. Sie begann den armen Studenten nach ihrer Art zu lieben, das heißt alle ihre rasch wechselnden Launen an ihm auszulassen und ihn in jeder erdenklichen Weise zu peinigen. Einmal goß sie ihm Bier in den Wein und zwang ihn, das Höllengetränke bis auf die Neige zu leeren, ein andermal ließ sie ihm durch das Stubenmädchen Brennesseln in das Bett streuen. Plötzlich kam ihr die Idee, er müßte mit ihr reiten, und da der arme Schüler des Horaz und Virgil nie ein Pferd bestiegen hatte, zwang sie ihn, ihr auf die Reitbahn zu folgen und begann, ohne ihn erst zu fragen, in eigener Person den Unterricht.

Es war ein heiteres seltsames Bild, der zaghafte Student hoch zu Rosse, der jeden Augenblick die Zügel verlor und in die Mähne seines Thieres griff, und die schöne schlanke Frau, die brennende Cigarre im Munde, welche, in der Mitte der Sandbahn stehend, mit der langen Peitsche das Pferd antrieb.

Nachdem der arme Stefan wiederholt vom Pferde gestürzt war und sich von dem Gelächter seiner Peinigerin verfolgt, trotz seiner zerschlagenen Arme und Kniee, wieder aufgeschwungen hatte, verlor diese endlich die Geduld und griff zu einem in Ungarn beliebten drastischen Mittel, sie ließ dem Studenten die Kniee an die Bügel seines Pferdes festbinden, schwang sich dann selbst in den Sattel und sprengte, seinen Zügel in der Hand, mit ihm hinaus ins Freie.

Nach einem wilden Ritte von mehr als einer Stunde brachte sie Stefan mehr todt als lebendig in das Schloß zurück. Man band ihn los, er war aber unfähig vom Pferde zu steigen und mußte von den Stallknechten herabgehoben werden. Sarolta zeigte nicht das geringste Mitleid mit ihrem Opfer, sondern lachte es noch aus.

Wie gerädert lag der arme Junge Abends in seinem Zimmer auf einem alten fadenscheinigen Ruhebette und suchte sich klar zu machen, wodurch er mit einem Male die Abneigung seiner schönen Herrin erregt hatte, denn die schnöde Art und Weise, wie sie ihn seit Kurzem behandelte, schien ihm nur aus Haß entspringen zu können. Da geschah etwas, worauf er am allerwenigsten gefaßt war; Sarolta trat in sein Zimmer, setzte sich zu ihm und begann mit ihm zu plaudern, so liebenswürdig, so theilnehmend, wie er sie noch nicht gefunden.

Stefan staunte, aber es kam noch besser. Mit einem Male nahm ihn die schöne stolze Frau beim Kopfe und küßte ihn, und er? – er hatte in demselben Augenblicke den halsbrecherischen Ritt vergessen und seine müden Glieder und ihr spöttisches Lachen, er lag vor ihr auf den Knieen und umschlang sie, und stammelte Worte des Entzückens, und sagte ihr alles das, was er jetzt so überwältigend empfand und was er vor wenigen Minuten selbst noch nicht gewußt hatte.

In derselben Nacht noch gehörte Sarolta ihm, oder eigentlich er gehörte ihr, denn dieses Weib gab sich nicht hin, es riß den Mann, den es liebte, wild und gebieterisch an sich, um ihn dann, wenn es ihn nicht mehr liebte, ebenso rücksichtslos und höhnisch von sich zu stoßen.

Er gehörte ihr und das alte, einsame, öde Schloß schien auf einmal mit tausend heiteren Kobolden und muthwilligen Amoretten erfüllt, welche es mit Rosenketten drapirten.

Die Idylle währte indeß nicht zu lange. Der alte Magnat kehrte zurück und der Umgang der Liebenden war von demselben Augenblicke an auf das äußerste beschränkt. Sarolta war jedoch nicht die Natur, solch einen Zwang lange zu ertragen. Während ihr Gemahl mit dem Studenten Schach spielte, lag sie stundenlang auf ihrer Ottomane und brütete, oder sie bestieg ein Pferd und ließ sich, während der Wind sie mit ihrem eigenen aufgelösten Haare peitschte, über die Pußta dahinstürmend von bösen Gedanken wie von Dämonen umflattern.

Ein Zufall brachte sie zum vollen Bewußtsein dessen, was sie wollte, wohin ihre unbezähmbare Selbstsucht trachtete.

Es war zur Zeit, als das Räuberunwesen in Ungarn in der höchste Blüthe stand. Kein Tag verging, wo man nicht in der Nachbarschaft von einem kühnen Raube, einem blutigen Morde hörte. Das Standrecht war proklamirt. Militär-Kolonnen durchstreiften die Gegend, der Galgen arbeitete ohne Unterbrechung, aber das Übel nahm eher zu als ab.

Sarolta's Gemahl hatte sich, wie es Brauch war, mit den Räubern, welche in der Nähe hausten, abgefunden. Er zahlte ihnen eine bestimmte Summe und bewirthete sie fürstlich, wenn sie sich bei ihm einluden. Dafür war er jedoch vor jedem Attentate auf sein Gut und Leben und das seiner Leute gesichert.

Wieder sagten sich die Räuber einmal im Schlosse an, man bereitete ihnen ein reichliches Mahl, rollte Fässer trefflichen Weines aus dem Keller herauf, bestellte eine Zigeunermusik und Mädchen zum Tanze. Die Räuber kamen, zechten und drehten sich munter im Csardas; da kamen zum Unglücke Gensdarmen. Die Räuber schwangen sich auf ihre Pferde und waren im Nu verschwunden, aber der Schloßherr sprach die Überzeugung aus, daß sie sich für verrathen halten und an ihm Rache nehmen würden.

Dies war der Funke, der in die Seele der dämonischen Frau fiel. Noch in derselben Nacht setzte Sarolta alle Vorsicht bei Seite und suchte den Geliebten auf. In seinen Armen ruhend entwickelte sie ihm ihren Plan; er erschrak, er beschwor sie, den unseligen Gedanken aufzugeben, aber sie ließ ihm nur die Wahl zwischen ihrem Besitze und dem Verbrechen.

Als sie ihn verließ, war er entschlossen ihr zu gehorchen.

Wenige Tage später ritt der Gemahl Sarolta's Nachmittags zu einem Nachbar, mit dem er den Verkauf eines Waldes zu besprechen hatte. Man erwartete gegen Abend seine Rückkehr. Er kam nicht, er kam auch nicht in der Nacht, und auch nicht am nächsten Morgen.

Sarolta ritt mit einigen ihrer Leute aus, ihn zu suchen. Sie fanden ihn an der Straße in einem Graben liegen in einer Blutlache, ermordet und beraubt.

Sarolta warf sich vom Pferde und über seine Leiche, sie schrie verzweifelt und wurde ohnmächtig in das Schloß zurückgebracht.

Vergebens durchstreiften Gensdarmen die Gegend, um den Mörder gefangen zu nehmen, denn alle Welt war überzeugt, daß die Räuber, welche sich durch Sarolta's Gemahl verrathen glaubten, die blutige That vollbracht. Da kam eines Tages ein lateinischer, seltsam stilisirter Zettel an den Sicherheits-Kommissär, welcher Namens der Räuber erklärte, daß Keiner aus ihrer Mitte das Blut des alten Magnaten vergossen habe, der Thäter vielmehr in ganz anderen Kreisen zu suchen sei.

Der Sicherheits-Kommissär kam nun auf das Schloß, um die näheren Umstände zu erheben und Sarolta zu befragen, auf wen sie etwa einen Verdacht werfen würde. Die Schloßfrau zeigte sich ruhig und gefaßt, sie erklärte, daß sie weder an einen Racheakt glaube, noch überhaupt irgend Jemand unter ihren Leuten oder Bedienten die That zumuthen könne.

Der Sicherheits-Kommissär nahm nun die Bewohner des Schlosses der Reihe nach ins Verhör. Alle stimmten mit ihrer Gebieterin überein. Stefan war abwesend. Als er in das Schloß zurückkehrte, war der Sicherheits-Kommissär eben im Begriffe, dasselbe mit seinen Panduren zu verlassen. Sein Blick fiel nur flüchtig auf den Mann, als er ihn aber unter demselben erbleichen sah, stieg sofort ein Verdacht in ihm auf und er hielt ihn fest. Wenige Fragen genügten, um den Studenten vollkommen zu verwirren. Man verhaftete ihn, eine Stunde später hatte er seine That gestanden und da er behauptete, keinerlei Mitschuldige zu haben, wurde er noch an demselben Abende zum Tode durch den Strang verurtheilt.

Als man ihm die Hände auf den Rücken band, begann er am ganzen Leibe zu zittern und blickte mit thränenerfüllten Augen empor zu dem alten Magnatenschlosse, aus dessen Fenstern das schöne dämonische Weib auf ihn heruntersah, auf dessen Geheiß er den Mord an seinem Wohlthäter begangen hatte.

Einige Minuten später war Alles vorbei.

Sarolta verließ noch an demselben Tage ihre Güter, um in ein böhmisches Bad zu gehen, in den rauschenden Vergnügungen der eleganten Gesellschaft hatte sie bald die mahnenden Schatten ihres Gatten und ihres Geliebten vergessen. Man sah sie in dem folgenden Winter in Paris stets an der Seite eines schönen Polen, der, wie Viele behaupteten, ein Abenteurer von der schlimmsten Sorte war. Dann kehrte sie nach Wien zurück und suchte in wüsten Orgien die Stimme ihres Gewissens zu betäuben.

Und wieder einige Jahre später sah man in Baden eine früh gealterte Frau mit einem hämischen hageren Vampyrgesicht und erloschenem Blick in einem Rollstuhl. Niemand sprach mit ihr, denn sie war gelähmt und konnte sich nur mühsam durch Zeichen mit dem alten Diener verständigen, der sie im Parke hin- und herfuhr. Diese Frau war die einst so schöne und lebensfrohe Amazone Sarolta.

Sie selbst hatte sich die Strafe für ihre blutige That bereitet.

Tag und Nacht in der Steppe

Tag

Ich wollte in die Steppe, um ein paar Trappen zu schießen. Es ist dies eine Jagd, die unendlich viel Reiz hat. Der Trappe gehört nicht zu dem kleinen Wilde, das mancher Jäger ganz verschmäht, er übertrifft alle unsere jagdbaren Vögel an Größe. Vier Fuß lang und mit sieben Fuß Flügelbreite, wiegt er zwanzig bis dreißig Pfund und ist mit seinem stolzen Gang und seinem langen weißen Bart ein ganz mächtiges Thier. Auch ist es nicht leicht, ihm beizukommen. Man muß zu allerhand Listen seine Zuflucht nehmen. Wohl kommt er in Schaaren zu den Feldern der Landleute und zeigt eine besondere Vorliebe für Kohl und Rübensaat, aber es ist der scheueste Vogel, den es giebt. Sobald der Jäger oder sonst etwas Verdächtiges naht, erhebt er sich schon auf fünfhundert Schritte. Er scheint seine Schwäche zu kennen, denn er kann sich nicht ohne Weiteres vom Boden erheben, er muß einen förmlichen Anlauf dazu nehmen und sein Flug ist schwer und niedrig.

Es giebt verschiedene Mittel, ihm nahe zu kommen. Er kennt den Landmann und fürchtet ihn deshalb nicht, während derselbe pflügt oder säet oder erntet, spaziert er mit der ihm eigenthümlichen spanischen Grandezza hinter, vor oder neben ihm. Der Jäger kleidet sich also als Bauer und geht langsam, die Pfeife im Munde, mit Bauernschritten, bis er ihn zum Schusse bekommt, aber es ist nicht leicht, ihm das Gewehr zu verbergen. Er kennt das Blinken eines Flintenlaufes sehr gut von jenem einer Sense oder Sichel auseinander.

Besser ist es, sich in Bauernkleidern auf einen Bauernwagen zu legen und die Flinte in dem Stroh, Heu oder Mais, mit dem der Wagen beladen ist, zu verbergen.

Aber der Wagen darf ja nicht mit Pferden, er muß mit Ochsen bespannt sein und recht langsam heranfahren, während der Bauer, der das Gespann lenkt, mit der Peitsche neben demselben einhergeht.

Ich wählte das letztere Verfahren. Als ich vor Sonnenaufgang aufstand und in Bauernkleidern, die Flinte unter dem Arm, aus dem Hause trat, war mein Mann, der Grundbesitzer Jan Walko, schon zur Stelle. Er hatte den niederen Leiterwagen mit Heu geladen, weil es sich im Heu am Besten liegt, und hatte zwei große weiße Ochsen mit schönen langen Hörnern, die eine Lyra bildeten, vorgespannt. Nachdem ich mich bequem auf den Rücken gelegt hatte, setzte sich das Gefährte langsam in Bewegung.

Ich hatte Muße, die Gegenstände, die mich umgaben, genau zu betrachten.

Wir fuhren durch das Dorf, kreuzten das frische Dunkel eines Birkenwäldchens, kamen durch hohes gelbes Korn, dessen Ähren sich schwer zu uns herüber neigten, holperten über eine schadhafte Brücke und da waren wir auf weichem üppigem Sammt und vor uns lag die Steppe.

Für jetzt nur vor uns, bald aber auch rechts und links und hinter uns, und als die Sonne vollends aufgegangen war, umfing sie uns ganz und gar.

Anfangs zeigten sich noch lange Reihen von dunkeln Heuschobern, stand da oder dort ein Bauer, der seine Sense dengelte, oder ein Mädchen mit rothem Kopftuch, das Kräuter suchte, tauchte einer großen Mohnblüthe gleich aus dem hohen Grase. Wenn der Nebel sich träge zur Seite wälzte, blinkte in der Ferne das griechische Kreuz einer Dorfkirche, oder zeigte sich ein niederer Schafstall, zeigte sich ein Ziehbrunnen. Kleine grasbewachsene Hügel stiegen empor, nicht selten beisammen liegend wie eine Reihe Gräber und vom Volke auch für Gräber, für Denkmale irgend einer Tartarenmetzelei, irgend einer Kosakenschlacht angesehen. Kleine Haine belebten die Grasfläche, Lerchen stiegen empor aus dem blitzenden Thau, der dieselbe in einen weiten Wasserspiegel verwandelte.

Allmählich wurden die Hügel kleiner, die Bäume seltener, und endlich verschwanden sie ganz und der liebliche Gesang der Vögel verstummte. Die Nebel verflatterten an der Erde. Wir waren mitten in der weiten unabsehbaren Steppe, und schön war der Morgen da mit seinem Glanz, mit seiner jugendlichen Fröhlichkeit.

Weithin war nichts zu sehen als die Ueppigkeit hohen smaragdenen Grases, blühender Kräuter und farbiger Blumen. Ganze große Strecken schienen gelb, roth, weiß oder blau bemalt, vor allem gelb, und das alles zusammen gab ein Farbenspiel so kräftig, so heiter, so festlich, wie ein Regenbogen, der auf der Erde lag. Ein schwerer Duft steigt aufwärts und bleibt auf den matten Schwingen der Luft träge liegen, er nimmt den Kopf ein, er berauscht, er bezaubert, er regt die Sinne auf wie der Wohlgeruch einer asiatischen Schönen.

Rostbraune Trappen schreiten durch das Gras, die weißen Flecke auf ihren schwarzen Flügeln schimmern deutlich herüber, Störche stehen schläfrig auf einem Bein, büßende Fakirs in der Wüste, Geier kreisen, Adler erheben sich in den Äther, Tausende von Insekten schwirren, Tausende von Grashüpfern erheben sich vor uns, um sich wieder nieder zu lassen und wieder zu erheben, so daß ein immerwährendes Gestiebe großer grüner Funken auf der grünen leicht bewegten schwimmenden Fläche zu sehen ist.

Und sobald man nur etwas hinhorcht, ist die Steppe nicht so stille als sie scheint, man hört ein immerwährendes Schwirren, Knistern, Zischen, Pfeifen, Seufzen, und andere Töne, wie das Lallen eines Kindes, rätselhaft, sehnsüchtig und verworren.

Die Sonne ist heiß, es ist dieselbe Sonne, welche die Gesichter unserer Kleinrussen mit jenem schönen Braun überzieht, das so gut stimmt zu ihren ehernen, ernsten, schwermüthigen und entschlossenen Zügen.

Bis zum Horizont ist nichts zu sehen als Land und darüber blauer Himmel und kleine Wölkchen, nicht einmal der Silberfaden eines Bächleins ist zu entdecken.

Die Steppe blaut um uns wie das Meer und verschwimmt in der Ferne wie das Wasser in zitterndem Glanz. Und nicht die Erde allein erscheint uns mit einem Male so groß, so unbegrenzt, und der Himmel spannt sich weiter aus und scheint uns ferner zu sein.

Dem Menschen ist zu Muthe wie dem Vogel, der die Luft durchstreicht.

Wie in der Luft hemmt auch in der Steppe nichts seinen Blick, da ist keine Stadt, kein Thurm, kein Dorf, kein Haus, nicht einmal eine verfallene Schenke aus Weidenruthen geflochten und mit Stroh gedeckt, kein Mensch, nicht einmal die Fußstapfen eines Menschen oder das Geleise eines Wagens.

Die Natur ist hier unentweiht wie im Urwald, aber in diesem ist alles Finsterniß, Feindseligkeit, Druck, auf der Steppe aber umgiebt uns Licht, Heiterkeit, Freiheit! Auch der Urwald ist weit, still, ohne Menschen, aber diese Ruhe ist wie das Ende alles Lebens, wie Tod und Vernichtung, jene der Steppe ist wie der Frieden des Paradieses, ehe das Leben entstand, wie der lachende Morgen vor der Schöpfung.

Es ist, als sollte jeden Augenblick die Stimme des Herrn ertönen, die aus Wüsten Propheten zu den Menschen sendet und die Völker theilt und wandern heißt.

Das Auge findet keine Grenze, es ist nur nicht fähig, so weit zu sehen, als sich die Welt seinem Blicke öffnet.

Ich schoß zwei Trappen und einen großen Geier, damit war die Jagd zu Ende und es war auch schon Mittag da, der Mittag der Steppe, drückend in seiner Stille und Hitze. Überall strömte flüssiges Gold nieder. Das geblendete Auge fand nirgends Ruhe. Die Graswogen leuchteten, jeder Halm blitzte für sich auf. In der Luft war ein leises Knistern wie von elektrischen Funken. Endlich zeichnete ein Ziehbrunnen seine Silhouette auf den leuchtenden Himmel, Rauch wirbelte empor, ein Strohdach wurde sichtbar, eine Hütte wuchs aus dem Boden herauf. Das erfrischende Rieseln einer Quelle ließ sich deutlich vernehmen.

»Wem gehört die Hütte?« fragte ich meinen Bauer.

»Einer Wittwe«, sagte er verschmitzt lächelnd.

Die Räder unseres Wagens zerschnitten trennend das hohe Gras. Ein rothes Feuer loderte in der offenen Thüre. Die Ochsen hielten von selbst stille. Ich sprang ab. Aus dem Steppenhause trat ein junges Weib, barfuß, mit nackten Armen, wirr fluthendem schwarzen Haar, nur mit einem roth gestickten Hemde und einem kurzen blauen Rock bekleidet. Sie begrüßte uns und musterte uns ruhig mit ihren prachtvollen schwarzen Augen. Ihr fein modellirtes Gesicht war braun wie die Erde, auf der ihr Fuß stand.

So mag die ägyptische Königin, die schöne Schlange vom Nil, vor Marc Aurelius hingetreten sein, als er kam, um ihr die Krone zu rauben und sie ihn zur Strafe zum ersten ihrer Sklaven machte.

»Nun, hast du was zu essen für uns, Eva?« fragte der Bauer.

»Ich werde sehen«, gab sie zur Antwort.

Wir traten in das Haus und ruhten aus. Sie bereitete das Mahl. Nachdem wir gegessen und getrunken, streckten wir uns auf den Holzbänken aus, die längs der Wände liefen und schliefen bald ein. Pferdegetrappel weckte uns.

Ein junger Bursche, schlank gebaut, mit einem Gesichte, das auf den ersten Blick Vertrauen erweckte, trat herein, offenbar ein Hirte. Zwei große blaue Augen sahen uns erstaunt an.

»Ah! Du, Akenfy?« rief der Bauer.

»Ja, so ist es, habt Ihr gejagt?« Er nahm seine Mütze ab und warf den kurzen Schafspelz von den Schultern auf die Ofenbank.

»Allerdings haben wir gejagt«, erwiderte der Bauer, »was aber führt Dich etwa her?«

»Nicht mich allein«, sprach Akenfy bescheiden, »ein mächtiges Gewitter hängt schwarz am Himmel; wir alle, die wir unsere Pferde in der Nähe weiden, haben uns bei Zeiten hierher geflüchtet.«

Andere Pferdehirten traten in die Stube, auch Eva wurde sichtbar, sie ging hin und her ohne Akenfy zu beachten, ja die Beiden wechselten nicht einmal einen Blick zusammen und doch fühlte man sofort, daß zwischen ihnen irgend eine Beziehung bestand.

»Ist das ihr Geliebter?« fragte ich leise meinen Bauer.

»Welcher?«

»Nun, Akenfy.«

»Er wird es wohl sein«, gab der Bauer zur Antwort und seufzte.

Indeß hatten sich Wolken auf Wolken gethürmt, es war dunkel geworden. Eine brütende Stille herrschte, die geradezu furchtbar war. Die schwüle Luft legte sich auf die Brust gleich einem heißen Stein. Mit einem Male zuckten Blitze, begann das Rollen des Donners und schon stürzte der Regen auf die Steppe, das Gras grausam peitschend. Ein Meer ging zur Erde nieder. Die Wogen schäumten wild auf. Wohin man blickte, war nur noch ein wild bewegter Wasserspiegel, in dem das einsame Steppenhaus wie die Arche inmitten der Sündfluth schwamm.

Schlag auf Schlag folgte, ein jeder schien die Erde zu spalten und ihre Grundvesten zu erschüttern.

Dann erhob sich ein Orkan, ebenso wüthend wie das prasselnde und flammende Gewitter, trieb die finsteren Wolken vor sich her, trieb die Wogen des Wassers auseinander und ebenso plötzlich, wie die Elemente ihre Fesseln zerbrochen hatten, kehrten sie zur gewohnten Ruhe zurück.

Der Regen hörte auf, der Himmel wurde helle, die grüne Steppe schimmerte freundlich, gleichsam verjüngt. Ein Regenbogen umspannte glänzend das weite Land.

Die Hirten verließen das Haus, trieben ihre Pferde aus den Ställen und schwangen sich auf den Rücken derselben. Eva war mitten unter ihnen, scherzend, mit fröhlichen funkelnden Augen, und wie von einer diabolischen Laune ergriffen, faßte sie eines der schwarzen Pferde an der Mähne und schon saß sie auf dem stolz wiehernden Thiere, ohne Sattel, ohne Zügel. »Hört, Ihr Burschen!« rief sie, »wer mich einholt und gefangen nimmt, der darf mich küssen.«

Schon jagte sie ihren Renner über die Steppe, die Hirten folgten mit wildem Geschrei. Akenfy, bleich mit unheimlich lodernden Augen, hatte bald alle anderen überholt. Vergebens wendete Eva ihr Pferd und kehrte im weiten Bogen zum Steppenhause zurück, er erreichte sie fünfzig Schritte vor demselben, riß sie herüber auf sein Pferd und, während das ihre davonflog, preßte er seine Lippen auf die ihren.

Mein Bauer lachte. »Sie ist nicht umsonst die Tochter einer Wissenden, einer Hexe«, sagte er zu mir, »sie hat ihn behext.« Es wurde Abend als wir den Rückweg antraten. Der westliche Himmel flimmerte in bizarrer Farbenpracht. Überall war Summen, Schwirren und Gesang. Die Sonne versank, ohne nur das kleinste dunkle Abbild eines Gegenstandes auf der ruhenden

Steppe zu zeichnen. Das Licht verrann auf dem regungslosen Grasmeer und mit einem Male lagerte sich ein riesiger Schatten über die ganze Erde.

Nacht

Jahre waren vergangen und es war tief im Herbste, als ich in der Steppe von dem Abende überrascht wurde. Zur Dämmerung gesellten sich Dünste, welche wie ein durchsichtiger Flor uns umgaben, um sich in der Ferne mehr und mehr zu verdichten. Die Bäume waren fast ganz entblättert, ihre kahlen Äste ragten, wie die Arme Ertrinkender aus dem Wasser, über den grauen Nebel empor. Ein Teich erglänzte matt, bleiern. Der Wind pfiff über die Fläche, riß die letzten Blätter von den Zweigen und warf die Wolken Ballen gleich hin und her, zerriß die häßlichen Schleier und schleifte sie durch das Gras.

Zugvögel strichen, ohne einen Laut von sich zu geben, in Schwärmen durch dasselbe, belebten die Büsche und hüpften die Äste der Bäume hinauf. Durch den grämlichen Himmel, der mehr und mehr sichtbar wurde, flogen wilde Gänse, Störche, Kraniche den Mündungen des Dnieper und der Donau zu.

Es wurde rasch Nacht. Die Ruhe, das Schweigen der Steppe hatten jetzt Etwas Erhabenes an sich, heilige Schauer sanken auf uns nieder. Die Sterne zogen herauf, sie vermehrten sich zusehends, und als das dunkle Firmament endlich von ihnen bedeckt war, da schien ihre Zahl größer als sonst, als zu irgend einer Zeit und an irgend einem Orte. Ihre Bilder zeichneten sich deutlich ab und schienen so nahe. Es war, als führen wir in den Himmel hinein, den Sternen zu, welche am Horizonte wie große Kerzen brannten, die zu einem nächtlichen Feste aufgesteckt werden; und als baue die Milchstraße eine glänzende Brücke von der Erde zu den Wolken.

Und wie die Pferde, die meinen kleinen Wagen zogen, durch die grünen Graswellen weiter und weiter schwammen, da blitzte es am Horizonte auf, zuerst wie ein neuer großer Stern, dann immer mächtiger, eine riesige Flamme, bis endlich deutlich eine rothe lodernde Feuersäule emporstieg.

Mein Kutscher hielt an, spähte hinaus, schüttelte den Kopf und sagte dann: »Ich will der Sohn einer Hündin sein, wenn das nicht der Hof der Eva Kwirinewa ist, der da brennt.«

»So fahre hin.«

»Wozu?«

»Um zu retten.«

»Was wollen Sie an so einer Baracke aus Holz und Stroh retten. Ehe wir hinkommen, ist nur ein Aschenhaufen da.«

»Nun, fahre nur.«

»Ich fahre schon, wenn der Herr es will«, sagte der Kutscher und lenkte die Pferde zur Seite. Die Steppe ächzte unter den Rädern des Wagens auf, dann glitten wir wieder geräuschlos dahin wie über weichen Sammt. Plötzlich tauchte zur Seife eine dunkle Gestalt aus dem hohen Grase auf, sie winkte uns und kam dann auf uns zugelaufen. »Nehmt mich auf«, flehte sie, »nehmt mich auf, ich habe mich verirrt auf der Steppe.«

»Wer bist Du?«

»Ein Mädchen, das bei Eva Kwirinewa im Steppenhause im Dienste war.«

»Im Steppenhause? dort brennt es ja. Wir wollen hin, um zu retten.«

Das Mädchen machte eine Bewegung mit der Hand, die deutlicher sagte als es die Sprache vermochte, daß dort nichts mehr zu retten war.

»Wie ist das Feuer entstanden?«

»Wie es entstanden ist?« erwiderte das Mädchen gleichsam erstaunt, »wie kann es entstanden sein, sie hat es ja doch selbst angezündet, ihr Haus, wer kann ihr verbieten, ihr eigenes Haus anzuzünden? sie wollte es einmal so.«

»Wer? Eva Kwirinewa.«

»Eva Kwirinewa, Gott gebe ihr den ewigen Frieden.«

Die Feuersäule verschwand, man sah nur noch Rauch emporsteigen, der leicht geröthet war.

»Nun ist alles vorbei«, seufzte das Mädchen auf.

»Was ist vorbei?« rief ich, »so erzähle doch.«

»Es war heute Nachmittag«, begann sie, »die Sonne stand schon tief, als unerwartet Herr Delgopolski vor unserem Hause hielt, er war zu Pferde, er kam von der Jagd oder sonstwo her. Genug, er war sehr ermüdet, hielt sein Pferd an und pfiff. Ich sprang hinaus und ergriff den Zügel, aber schon erschien die Frau auf der Schwelle.«

»Eva Kwirinewa?« fragte der Kutscher.

»Wer sonst?« fuhr das Mädchen fort, »als sie den edlen Herrn erblickte, lächelte sie recht böse, o! sie konnte so böse lächeln, daß einem das Herz im Leibe stille stand.

Hat der Herr die Gnade, mich wieder einmal zu besuchen, begann sie in einer Weise, die mir Angst machte.

»Ich komme nicht, Dich zu besuchen«, gab Herr Delgopolski stolz zur Antwort, »ich habe mich verirrt, bin todmüde, will unter Deinem Dache rasten.« Er stieg ab, band sein Pferd an und Eva Kwirinewa ging mit ihm in die Stube. Er ging voran, sie folgte ihm. In der Thüre wendete sie sich um und winkte mir, draußen zu bleiben. Ich blieb also bei dem Pferde, raufte Gras aus und gab es ihm, holte Wasser und tränkte es. Ich hörte die Beiden drinnen laut sprechen, laut und heftig. »Was haben die etwa zu streiten?« dachte ich, aber ich regte mich nicht.

Dann wurde es ruhig. Die Frau ging ein und aus auf den Fußspitzen. Einmal blieb sie vor dem Hause stehen, hielt die Hand über die Augen und spähte nach allen Seiten aus, ob Jemand komme.

Die Sonne war untergegangen, es wurde dunkel.

Plötzlich kam die Frau; sie hatte sich vom Kopf bis zum Fuße angezogen, wie zur Kirche oder zum Jahrmarkt, sie trug rothe Stiefeln, einen bunten Rock, und über dem gestickten frischen Hemde, das so weiß war wie Schnee, ihren neuen Pelz, von blauem Tuch mit weißem Lammfell, sie hatte wohl zehn Schnüre Korallen und Münzen um den Hals, daß es nur so funkelte, und ein rothes seidenes Tuch um den Kopf. Sie war ein schönes Weib, wie ich sie so ansah.

Was hat sie nur vor? dachte ich.

»Gieb mir die Stricke«, sagte sie leise.

Die Wäsche hängt auf den Stricken, erwiderte ich.

»So wirf sie zur Erde, wirf sie fort«, sprach sie, »und gieb mir die Stricke.«

Ich gab sie ihr und sie ging hinein, leise, wie eine Katze schlich sie sich. Wozu sie nur die Stricke braucht, dachte ich, näherte mich leise dem Fenster der Stube und blickte hinein. Mich konnten sie nicht sehen, da es schon vollkommen finster war draußen, ich aber sah alles genau, was in der Stube vorging, denn Eva Kwirinewa hatte ein Licht angezündet und auf den Tisch gestellt, und ich hörte auch alles, was sie sprachen, denn das Fenster war zerschlagen und nur so zur Noth mit Papier verklebt.

Herr Delgopolski schlief auf der Ofenbank. Als jetzt das Licht auf ihn fiel, sah ich, daß sie ihn mit den Stricken gebunden hatte. Sie hatte ihm die Arme gebunden und die Füße und hatte ihn an die Bank gefesselt.

Eva Kwirinewa saß bei ihm als er erwachte. Er versuchte sich zu regen, sich zu erheben, aber die Stricke hinderten ihn.

»Was ist das für ein Scherz«, rief er aus, »und was sollen diese festlichen Kleider?«

»Heute ist ein großes Fest für mich«, erwiderte Eva, »es ist der Tag gekommen, wo ich an Ihnen Rache nehmen kann.«

Herr Delgopolski riß vergebens an den Stricken, dann begann er laut um Hülfe zu rufen, aber Niemand hörte ihn als ich, und wie sollte ich ihm helfen, ich armes schwaches Mädchen.

Eva Kwirinewa saß ruhig da, die Arme über der Brust verschränkt und lachte. Es war ein furchtbares Lachen. »Schweigen Sie, oder ich schneide Ihnen die Zunge heraus«, sagte sie endlich, sprang auf und faßte ein Messer. Er schwieg. Er kannte sie offenbar. Sie war alles im Stande, was sie sagte. Wie sie sah, daß er sich ihr ergab, warf sie das Messer auf den Tisch und setzte sich wieder zu ihm hin.

»Bereuen Sie, was Sie mir gethan haben?« sagte sie ruhig, ja stolz.

»Soll ich etwa bereuen, daß ich ein schönes Weib mein genannt habe«, versetzte Herr Delgopolski spöttisch, er ahnte noch nicht, was ihm bevorstand, »und Du bist heute noch schön, Eva, komm' küsse mich.«

»Scherzen Sie nicht«, sagte sie strenge, »Sie haben schlecht an mir gehandelt, sehr schlecht, wie ein Teufel haben Sie an mir gehandelt. Ich habe Akenfy aus Liebe zum Manne genommen und habe ihm drei schöne Kinder geboren. Da kamen Sie –«

»Bist Du nicht eine Hexe?« rief Herr Delgopolski, »und einer Hexe Tochter? Hast Du mir nicht einen Liebestrank gegeben?«

»Ja, das habe ich gethan.«

»Was willst Du also?«

»Ich habe Sie geliebt und ich wollte Sie in meinen Armen sehen«, sagte Eva.

»In Deinen Armen!« rief Herr Delgopolski, »Du wolltest mich zu Deinen Füßen sehen und Du hast es erreicht. Ich habe um deine Gunst gebettelt, wie um die Gunst einer Kaiserin.«

»Gut, gut«, rief sie, »und dann? habe ich Sie nicht glücklich gemacht? habe ich nicht – als mein Mann – als Akenfy – als der Narr mir drohte –«

»Habe ich ihm nicht Gift gegeben und auch den Kindern, meinen Kindern allen, als Sie Ihnen lästig wurden«, sprach sie, immer ruhig, ohne sich zu regen.

»Habe ich es von Dir verlangt, entsetzliches Weib!« schrie er auf.

Sie beachtete es nicht und fuhr fort. »Sie aber haben eines Tages ein reiches Fräulein kennen gelernt, das weiß war und blonde Locken hatte, und Sammt und Seide trug und Zobel, und Sie haben mich verrathen, verspottet, mit Hunden aus Ihrem Hofe gejagt, das Fräulein aber haben Sie zu Ihrer Frau gemacht. War es nicht so? Ja, so war es, und dafür werde ich Sie jetzt tödten.«

»Wahnsinnige!« schrie er auf.

»Ich bin ganz bei Vernunft«, entgegnete sie. Dann stand sie auf, trug Stroh und Heu zusammen und zündete es an.

»Was thust du?« fragte er, er war ganz bleich und bebte am ganzen Leibe.

»Ich zünde mein Haus an«, sagte sie mit ihrem bösen Lächeln, »wir werden Beide in den Flammen sterben.«

Da wollte ich in die Stube, ich weiß selbst nicht wozu, ich armes schwaches Mädchen, ich versuchte die Thüre aufzustoßen, aber sie war versperrt und verrammelt, ich rief Eva Kwirinewa, ich rief um Hülfe, aber mir antwortete nur das Prasseln des Feuers und der Wind, der klagend über die weite traurige Erde strich. Eine namenlose Angst faßte mich, ich konnte nicht einmal beten und so lief ich, wie sinnlos, in die Steppe hinein.«

Wir blickten jetzt alle zugleich nach der Richtung, wo das Haus der Eva Kwirinewa lag. Das Feuer war erloschen, der Rauch hatte sich verzogen, weithin war nichts zu sehen als die ruhige feierliche sternbeglänzte Steppennacht.

Der fliegende Stern

Es ist ein recht unglücklicher Jagdtag, zwei Haselhühner und ein großer Geier bildete die ganze Beute. »Das verdammte alte Weib ist schuld«, rief der Heger, nachdem er seinen Strohhut abgenommen und mit den bauschigen Hemdärmeln die großen Tropfen von der Stirne gewischt hatte, dann reichte er mir seine mit Branntwein gefüllte Kürbisflasche, welche an einen gelben, großbauchigen Chinesengott mahnte.

Wir hatten nämlich bei unserem Auszug am frühen Morgen ein verschrumpftes Mütterchen begegnet, das zwischen den Büschen Schwämme suchte.

Nun war der Abend angebrochen, und es blieb Nichts übrig, als den Heimweg anzutreten. Die Sonne ging hinter den hohen Granitfelsen, welche wie verwitterte Thürme die grauen bröckligen Bergmauern der Karpathen überragten, rothglühend unter. Weithin war Nichts als dunkles Krummholz, das über Geröll und spiegelglatte Wände emporkroch und seine lange verkrüppelten Arme nach uns auszustrecken schien, es stand mit gekrümmtem Rücken da, mit langen Locken und spitzen Bart von Moos, ganz so wie unser Jude, aber klammerte sich fest und zäh an das Gestein, wie auch er festzuhalten versteht, was seine mageren, knochigen Hände einmal ergriffen haben.

Wir stiegen rasch hinab zwischen Heidelbeerkraut und Alpenrosen, den schwerathmenden Hund hinter uns, und schritten dann unter dem grünen Dache der Tannen weiter. Ein dumpfer Donner ferner Wasser begleitete uns. Die hohen, grünen Pyramiden, welche lautlos standen in trauernder Majestät, begannen tief unten ihre Wipfel mit rothem Golde zu durchschlingen, aus den schlanken Stämmen quoll saftiges Harz, gelb wie Bernstein, purpurne Beeren, große Waldblumen zeichneten bunte Stickereien auf den sammtenen Teppich hin, der sich zwischen die Wurzeln breitete, während tiefe Schatten von oben durch die unbeweglichen Nadeln, gleich dunkeln Tropfen auf denselben herabfielen.

Noch schwebten einige Zeit roth angehauchte Wölkchen im Westen, dann spannte sich brennender Purpur über den Himmel. Die Luft zitterte über der Erde und in ihr zuckten unzählige Mücken, durchsichtig wie aus Glas gesponnen. Nebel, zart gewoben gleich weißen schimmernden Schleiern, stiegen in den stillen tiefdunkeln Thälern auf, Sträuche, Bäume und Berge schienen sich in der goldigen Luft zu recken und ins Unendliche zu wachsen, während sie ihre Schatten immer weiter von sich warfen.

Im Osten glänzte ein Stern über den Tannen, die wie schwarze Lanzen oder das Eisengitter eines Parks gegen den Himmel standen. Kein Vogel sang mehr, nur da und dort pfiff es leise im Holz, oder fuhr erschrocken auf durch die Zweige. Der helle Himmel war blau geworden und begann sich jetzt allmählich zu verfinstern. Die Schatten zogen sich zusammen und wurden endlich ganz von der Dunkelheit verschlungen, welche sich als eine undurchdringliche Masse, träge und unheimlich über der Erde lagerte. Wir waren indeß am Fuße der Waldberge angekommen und verfolgten nun einen schmalen Pfad, der sich wie eine Schlange zwischen Stoppeln und Erdäpfelfeldern wand. Mit einem Male erhellte sich der schwarze Ausschnitt zwischen zwei Felskuppen im Westen und es loderte dort rasch empor wie der Brand eines Dorfes und wieder nach einer Weile zeigte der Mond seine goldene Scheibe, die feierlich an dem dunklen Firmamente haftete und ihr sanftes, tröstliches Licht in die Landschaft ergoß. Ein frischer Luftzug durchströmte die Halme, das Gras, die Blätter der Bäume und die finsteren Wipfel des Nadelholzes, Alles begann sich zu regen, zu neigen und zu flüstern. Vor uns in weiter Ferne zuckten die Lichter eines Dorfes auf, wie Leuchtkäfer, die im Grase liegen, und der Himmelsplan über uns war mit zahllosen Sternen gleich den Lagerfeuern eines großen Heeres bedeckt. An allen Zweigen hingen silberne Fäden, die das Mondlicht um sie spann, und alle Höhen, alle Tiefen badeten sich in jenem magischen Glanz, der so viel Zutrauliches und auch wieder Wehmüthiges an sich hat.

In diesem Augenblicke, wo wir einen kleinen Birkenhain betraten, fuhr es gleich einer Feuergarbe vom Himmel zur Erde nieder. Der Heger blieb stehen und bekreuzte sich.

»Nun ist das Unglück geschehen«, sagte er.

»Was für ein Unglück?«

»Haben Sie nicht den fliegenden Stern gesehen?«

»Allerdings.«

»Jetzt ist er bereits zu einer Letawiza geworden.«

»Wie das?«

»Mit jedem fliegenden Stern kömmt ein Dämon zur Erde«, gab der Heger tief bekümmert zur Antwort, »es giebt einen Spruch, wenn man diesen spricht, in dem Augenblicke als man ihn sieht, wird der Zauber gebrochen. Sobald der fliegende Stern aber die Erde betritt, verwandelt er sich in ein Weib von seltsamer Schönheit, mit langem, goldenem Haar, das wie Sternenlicht fließt und schimmert. Diesem schönen Weibe ist Macht gegeben über jede Menschenseele, es lockt die Jünglinge an sich und fängt sie in den goldenen Schlingen, welche um seine weißen Schultern spielen. Nachts, wenn Alles stille ist, kommt es zu ihnen, bettet sie an seiner Brust und küßt sie, küßt sie langsam zu Tode.«

Kaum hatte der Heger geendet, hörten wir ein tiefes Stöhnen, nicht gar weit von uns, es klang recht unheimlich bei dieser tiefen Stille, die ringsum herrschte und an diesem düsteren Orte zwischen den rastlos zitternden Birken, deren weiße Stämme wie in Grabtücher gehüllt, gespenstig umherstanden, und mit Fingern stumm auf uns zu deuten schienen.

»Was war das?« fragte ich.

»Ein Wassermann oder eine Russalka (die Nixe der Malorußen), oder vielleicht auch die Letawiza.«

»Ich denke, es war eine Rohrdommel.«

»So soll es eine Rohrdommel sein«, sagte der Heger fast mitleidig, »aber es ist besser, wir gehen weiter.«

Wie wir nur einige Schritte vorwärts thaten, stand plötzlich eine Flamme, groß wie ein erwachsener Mensch, seitwärts im schwarzen Erlengebüsch, nickte uns zu, bückte sich und huschte weiter, als wollte sie uns begleiten.

»Ein Irrlicht!«

»Wenn der Herr Wohlthäter es befehlen«, sagte der Heger leise, »so soll es ein Irrlicht sein, aber ich sehe, daß das nicht gut enden wird heute.«

»Ist hier ein Sumpf in der Nähe?«

»Das will ich meinen, und auch ein Teich, er muß hier zu unserer Rechten sein.«

Als wir neuerdings eine Strecke gegangen waren, blickte es aus dem Dickicht hervor wie ein Spiegel, auf den der Schimmer von Kerzen fällt. Ich wendete mich hinüber.

»Sie werden doch nicht Ihre Seele in Gefahr bringen wollen?« seufzte der Heger.

Ich gab ihm keine Antwort, sondern theilte die Zweige und bahnte mir so einen Weg zu dem Teiche. Das Irrlicht hatte uns verlassen, dafür ertönte von Neuem der klägliche Ruf der Rohrdommel. Der Heger betete laut die Litanei. Wir standen jetzt an dem Ufer und ein großes Wasser, vom Mondlicht beglänzt, spannte sich regungslos zu unseren Füßen aus, stille, geheimnißvolle Erlen standen umher, von Brombeerbüschen umschlungen, ihre Wurzeln tranken aus dem stillen Teich und ihre tief herabhängenden Zweige badeten sich in demselben.

Es war ein unendlich stiller und wehmüthiger Ort.

Aber mit einem Male ertönte ein Lachen, so hell, so kindlich und scherzhaft, wie ein silbernes Glockenspiel, und das Wasser warf leuchtende Wellen und tausend blitzende Funken auf und aus dem flimmernden Schaum tauchte ein Weib, von göttlicher Schönheit und Jugend empor, ein Nacken wie Marmor, die blonde Fluth des Haares wie Sternenlicht fließend und schimmernd, und zwei große dunkle Augen schalkhaft auf uns geheftet.

»Gott sei meiner Seele gnädig«, rief der Heger laut, »schließen Sie die Augen.«

Er riß mich zurück.

»Fliehen wir«, drängte er schwerathmend, »sonst ist es um uns Beide geschehen.«

Noch einmal erklang das zauberhelle Lachen so wunderbar spöttisch.

Ich folgte dem Heger, eine dunkle Gewalt schien mich zu treiben, von der ich mir keine Rechenschaft zu geben wußte. Wir eilten vorwärts durch Gebüsch, Sumpf und Feld, bis wir mitten in einem Obstanger stille hielten.

»Du bist ein großer Esel«, sagte ich endlich.

»Besser ein Esel, als ein von Gott Verdammter!«

»Wegzulaufen vor einem schönen Weibe.«

»Ja, schön war sie«, sagte der Heger, »aber kein irdisches Weib, sondern eine Letawiza, ein fliegender Stern in Menschengestalt, haben Sie nicht gesehen, was sie für Haar hatte, war es nicht, als sei ein Stern vom Himmel gefallen und schwimme jetzt auf dem Wasser?«

»Ich werde umkehren, ich will das Weib noch einmal sehen.«

»Sind Sie vom Teufel besessen?« sagte der Heger wie versteinert, »legen Sie mir jetzt gleich hundert Dukaten her, oder zeigen Sie mir diese ganze schöne Gotteswelt und sagen Sie mir: sie soll Dein sein! ich thue keinen Schritt.«

»Aber wenn ich Dir eine Quart Branntwein gebe, gehst Du mit.«

»Branntwein? was für Branntwein? doch nicht gemeinen Kornschnaps?«

»Meinetwegen Sliwowitz.«

Der brave Mann seufzte, pfiff dem Hunde und ging langsam dem Teiche zu. Ich blieb einige Schritte hinter ihm zurück.

Sofort gesellte sich eine schlanke Figur wie aus gleißendem Golo gewoben zu uns, verneigte sich und bot sich offenbar an, den Führer zu machen. Indem wir dem seltsamen Burschen folgten, der bald vor uns einher hüpfte, bald auf dem Bauche kroch wie eine Schlange, um zuletzt gleich einer Flamme über dem Boden zu schweben, geriethen wir bis an die Knie in den Moor. Der Mond verbarg sich hinter Wolken, als sei er mit in dem muthwilligen Bunde, der mit uns sein lustiges Spiel trieb, die Erlen, sonst so ernsthaft und stumm, begannen zu flüstern und zu kichern, und sogar die Rohrdommel lachte gellend auf.

Jetzt plätscherte es, höchstens zehn Schritte zu unserer Linken, es war der Hund, der in das Wasser gefallen war und uns nun mit einem kurzen unterdrückten Bellen zu verstehen gab, daß wir am Ziele seien.

Ungeduldig brach ich durch die dichten Zweige. Da lag wieder der silberne Spiegel des Teiches vor mir und der Mond, der die Wolkenschleier zurückgeschlagen hatte, blickte ruhig in denselben und betrachtete sein sanftes schönes Antlitz.

Das Weib mit dem goldnen Haar war nirgends zu entdecken, nicht im Wasser, das so feenhaft glänzte, nicht an dem Ufer, dessen schwarze Erlenwände ihren weißen Leib wie ein Licht hätten zurückstrahlen müssen. Eine wehmüthige Ruhe herrschte ringsum, keine Welle schäumte auf, kein Blatt regte sich, und mitten auf dem leuchtenden Gewässer loderte eine Seerose feierlich wie eine weiße Flamme gegen den Himmel.

Der Heger holte tief Athem. »Gott hat uns beschützt«, sagte er, »nun soll aber ein Mensch sagen, daß es kein fliegender Stern war!«

Die Todten sind unersättlich

>»Du hast mich beschworen aus dem Grab
>Durch Deinen Zauberwillen,
>Belebtest mich mit Wollustgluth,
>Jetzt kannst Du die Gluth nicht stillen.
>
>Preß' deinen Mund an meinen Mund,
>Der Menschen Odem ist göttlich!
>Ich trinke Deine Seele aus,
>
>Die Todten sind unersättlich«
>
>*Heine.*

Bei uns lernt man sich so leicht kennen, bei den Bauern haben die Thüren keine Schlösser und die Hütten noch häufiger keine Thüren, und die Thore der Gutsbesitzer stehen auch noch einem Jeden offen. Wenn ein Gast zu Abend kommt, giebt es keine betrübten oder ängstlichen Gesichter wie in dem gemüthlichen Deutschland, und es fällt den Familiengliedern nicht ein, einzeln in die Küche zu schleichen und dort heimlich ihr Nachtmahl zu verzehren, und zu den Feiertagen wenn Verwandte und Freunde sich von weither zusammenfinden, da werden Rinder, Kälber und Schweine, Hühner, Gänse und Enten geschlachtet und der Wein fließt in Strömen wie in homerischen Zeiten.

Ich kam also zu der Familie Bardoßoski, wie eben ein Edelmann in das Haus des andern kommt, ohne viel Umstände, und kam bald jeden Abend hin. Ihr Herrenhaus lag auf einem kleinen Hügel und unmittelbar hinter demselben stiegen die grünen Vorberge der Karpathen empor. Die Familie hatte sehr viel Angenehmes an sich, das Beste war aber, daß die beiden Töchter des Hauses bereits ihre Verehrer besaßen, ja die jüngere sogar in aller Form verlobt war, man sich also ungezwungen unterhalten und sogar, was Polinnen gegenüber unerläßlich ist, ein wenig den Hof machen konnte, ohne gleich für einen Bewerber angesehen zu werden.

Herr Bardoßoski war ein echter Landedelmann, schlicht, fromm und gastlich, stets heiter, aber nicht ohne jene stille Würde, die kein äußeres Mittel braucht, um sich zur Geltung zu bringen. Seine Frau, eine kleine üppige, noch immer hübsche Brünette beherrschte ihn eben so vollkommen, wie die Königin Maria Kasimira den großen Sobieski beherrscht hat, aber es gab Dinge in denen der alte Herr nicht zu scherzen beliebte, dann genügte ein Drehen seines langen Schnurrbartes oder ein hastig herausgestoßenes blaues Wölkchen aus seiner Pfeife, das rasch zu einer respektablen Wolke anwuchs und ihn gleich dem Göttervater Zeus einhüllte, und Niemand wagte mehr zu wiedersprechen. Ich habe ihn nie ohne diese lange türkische Pfeife mit dem Kopfe aus rothem Thon und dem Bernsteinspitzchen gesehen, die dem Fremden bei uns zu sagen scheint, du bist nicht mehr in Europa, mein Freund, hier ist jenes Morgenland, aus dem deine ganze Weisheit kommt, aus dessen unversiegbaren Quellen alle deine Denker und Poeten geschöpft haben. Bardoßoski hatte 1837 unter Chlopicki gefochten und war im Jahre 1848 unter Bem bei Schäßburg verwundet worden. Im Jahre 1863 hatte er seinen einzigen Sohn zu den Insurgenten geschickt und durch den mörderischen Stoß einer Kosakenlanze verloren; von diesem Sohne war nie die Rede, aber sein Bild von einem welken Kranz und einem verstaubten Trauer-Flor umgeben, hing über dem Bette des Alten zwischen zwei gekreuzten krummen Säbeln.

Von den beiden Fräuleins war die ältere Kordula das, was man interessant nennt, hoch und gut gewachsen, mit prachtvollem dunklem Haar, schönen Zähnen, grauen Augen, aus denen eine durchdringende Klugheit sprach, und einem Gesichte, in dem sowohl um die kleine Stumpfnase als die aufgeworfenen Lippen eine unbeugsame Festigkeit lag; die jüngere, Aniela, dagegen eine jener unendlich weißen, rosenwangigen blonden Schönheiten, welche immer sehr ermüdet scheinen, deren blaue Augen auch im Wachen träumen und deren tiefes Athemholen wie Seufzer klingt. Diese war es, welche bereits den Verlobungsring am Finger trug.

Ich lernte auch die beiden jungen Männer kennen, welche die Herzen dieser so verschiedenen Schwestern erobert hatten. Der Verehrer der älteren war ein Herr Husezki, der in dem nahen Städtchen das Amt eines Adjunkten bei Gerichte bekleidete. Er zeigte jenen Ernst und wissenschaftlichen Eifer, welcher die jüngere Generation bei uns auszeichnet, war französisch gekleidet, trug Brillen und zupfte stets an seinen schneeweißen Manschetten.

Der Bräutigam der schönen Aniela war ein Gutsherr aus der Nachbarschaft und nannte sich *Manwed Weroaki*, ein hübscher junger Mann mit blitzenden Zähnen unter einem kleinem schwarzen Schnurrbart, kurzem gelocktem dunkelm Haar, schmachtenden Augen, jederzeit in weiten Pantalons, welche in hohen Stiefeln staken und einem Schnürrock, alles von schwarzer Farbe. Er rauchte Cigarren, liebte es das Gespräch auf Literatur zu bringen, und war im Stande hundert Verse aus dem Pan Thadeus oder Konrad Wallenrod des Micztiwicz auswendig herzusagen. Sein Lieblingsstück war die Geschichte von Demeyko und Doweyko und er verstand es den Zweikampf derselben über der Bärenhaut so drastisch vorzutragen, daß er sogar dem alten Herren jedesmal ein Lächeln abnöthigte, das sich rührend kindlich in seinen weißen Schnurrbart stahl.

Noch war ein dritter junger Herr da, der die Gewohnheit hatte, immer zu spät zu kommen und diese üble Gewohnheit war sein Fatum, denn er war auch bei Panna Aniela zu spät gekommen und begnügte sich jetzt damit, sie unausgesetzt anzusehen und so oft sie eine Bewegung machte, aufzuspringen und alle nur möglichen Gegenstände herbeizuschleppen, und so kam es, obwohl er sich einbildete ihre Wünsche zu errathen daß er einen Fußschemmel brachte, wenn sie eine Scheere verlangte und den beim Fell emporgehobenen kleinen Wachtelhund eine Luftfahrt machen ließ, wenn ihr feuchter Blick ihrem Taschentuch galt. Er hieß Maurizi Konopka, hatte ein Nachbargut gepachtet, auf dem er mit Maschinen arbeitete und überhaupt in allem genau nach dem Buche vorging, zum Erstaunen der Bauern; und erschien nie anders als im Frack, weißer Weste, Glaçehandschuhen, durchbrochenen Strümpfen und Ballschuhen. Da er stets erst ankam, wenn der ganze Kreis versammelt war und sich noch überdies alle Mühe gab, gleich einem Gespenste, unhörbar hereinzuschreiten, so erblickte man ihn gewöhnlich erst, wenn er auf seinen leichten Sohlen mitten im Zimmer stand, und da er es für unanständig hielt durch einen lauten Gruß oder ein Räuspern auf seine Gegenwart aufmerksam zu machen, geschah dies so plötzlich, daß in der Regel alle zusammenschraken, mit Ausnahme des alten Helden, der höchstens für einen Augenblick die Pfeife aus dem Munde nahm, was aber freilich bei ihm schon viel sagen wollte.

Maurizi war ein ausnehmend hübsches Milchgesicht jener Art, die von reifen erfahrenen Schönheiten bevorzugt wird, aber sehr wenig geeignet das Ideal eines Mädchen-Traumes vorzustellen, daher ihm auch das herbe Loos zu Theil wurde, Abend für Abend, und die galizischen Winterabende sind lang, mit Herrn Bardoßoski und dem ernsthaften Adjunkten Tarok zu spielen, während wir anderen mit den Mädchen plauderten.

Aniela's Verlobter gewann von Anfang an meine Sympathien für sich, er erzählte vortrefflich, was ihm bei Vielen den Ruf eines Aufschneiders eintrug, dafür bestritt er aber auch in der Regel die Kosten der Unterhaltung, ohne dabei je dem bescheidenen Wesen untreu zu werden, das den Polen in Damengesellschaft so liebenswürdig macht. Wir wurden schnell vertraut, besuchten uns gegenseitig und gingen viel zusammen auf die Jagd. Wenn wir dann recht müde und ausgehungert, gleich den sieben Schwaben, mit einem Hasen als Beute bei ihm ankamen, wurde sofort der Samovar hereingebracht und der brave Valenty kam, uns die kothigen Stiefel auszuziehen. Dann half kein Verwahren, ich mußte ein Paar von Manweds Saffianpantoffeln anziehen und einen seiner köstlichen Schlafröcke, er selbst stopfte mir die lange Pfeife und mir blieb nichts übrig als die Nacht unter seinem gastlichen Dache zuzubringen.

Dann trieb er allerlei Possen, zog die Leintücher aus den Betten, hüllte sich in dieselben und wandelte als Gespenst im Hause umher, seufzend und wehklagend, um endlich den alten Valenty, der inbrünstig betete, bei den Füßen unter seinem großen Kotzen hervorzuziehen und den Mägden mit einem geschwärzten Kork Schnurrbärte zu malen.

In der Nähe von Manweds Edelhof lag einsam auf einem breiten und flachen Felsen das alte halbverfallene Schloß Tartakow, von dem mancherlei unheimliche Sagen lebten.

Einmal, an einem schwermüthigen Winterabend, während der Schnee mit weißen Geisterfingern leise an die Fenster pochte, der Wind dem rothen Kaminfeuer wunderliche Melodien entlockte, und in weiter Ferne ein Wolf heulte, brachte Aniela die Rede auf dasselbe.

»Haben Sie schon gehört«, sagte sie, »daß die Ruine bewohnt sein soll?« –

»Wer kann in dem öden zerbröckelten Mauerwerk wohnen, als etwa Eulen oder Raben«, bemerkte Herr Husezki sehr verständig, wie es einem gebildeten, mit den Wissenschaften vertrauten jungen Mann ziemte.

»Nun, es giebt allerhand Bewohner dort«, versetzte Frau Bardoßoska, »wenn man den Landleuten glauben darf.«

»Das ist gewiß, daß ein alter grauer Mann oben zu sehen ist, eine Art Kastellan«, sagte Aniela, »er trägt Kleider wie man sie vor vielen hundert Jahren getragen hat und unsere Bauern behaupten, er sei an tausend Jahre alt, und in einem großen wohlerhaltenen Saale steht ein zauberhaft schönes Marmorweib mit todten weißen Augen, das soll in gewissen Nächten lebendig werden und durch die düsteren Gänge wandeln, allerlei Spuk im Gefolge, und seltsame Stimmen werden dann laut, ein wildes Heulen, ein schmerzliches Klagen, ein süßes Locken –«

»Bah«, machte der Adjunkt, »eine Äolsharfe, ich selbst habe sie schon gehört.«

»Wer weiß, der Boden hier ist von Dämonen bevölkert«, sprach Manwed, »in den Hütten der Bauern rumort der Did Hausgeist der Kleinrussen. und hilft heimlich die Kühe melken, fegt die Stuben, wäscht das Geschirr, striegelt die Pferde, und läßt sich nur dann blicken, ein Männchen von einem Fuß Höhe und langem grauem Bart, wenn der Herr des Hauses sterben soll; an dem Ufer der Teiche und Flüsse, im schwarzen Dickicht, wiegt sich die Rußalka Die Nixe der Kleinrussen. auf schwankenden Zweigen und singt und bindet aus ihrem Haare goldene Fesseln, mit denen sie den Bethörten, der ihr naht, gefangen nimmt und eine goldene Schlinge in der sie ihn erwürgt; in den von grünem Gitterwerk verschleierten Höhlen des Gebirges wohnen die muthwilligen und verliebten Majki, Majka heißt die Elfe der galizischen Karpathen., welche hoch oben auf grünen Wiesen ihre Zaubergärten mit goldenen Zäunen einschließen, Brücken aus Perlen über die rauschenden Wasser bauen, und auf blumigen Waldblößen tanzen, sie entführen Jünglinge, die ihnen gefallen und bezaubern sie mit ihren duftigen bekränzten Locken, ihren zarten Gliedern, aber in ihrem schönen Antlitz, in ihren blitzenden Augen wohnt keine Seele. Die Wölfe in Rudeln durchstreifen die wilden Weiber, die das Volk auch die Göttinnen bochinki. nennt, Wälder und Berge, ein entsetzliches Geschlecht, das die Kinder der Menschen entführt und ihre häßlichen Wechselbälge in ihrer Wiege zurückläßt, das die alten Männer zu Tode kitzelt und die jungen nach der Brautnacht grausam erdroßelt. Unter dem Volke wohnen auch die Wissenden, Widma, die wissende, die Hexe der Kleinrussen, aber ohne den cymischen Charakter der deutschen. welche die geheimen Kräfte der Natur beherrschen, welche das Pestkraut kennen und die giftigen Schlangenbisse heilen, sie können den Sternen das Licht nehmen und den Menschen die Gesundheit, wenn ihr Leib schläft, fliegt ihre Seele als Vogel aus und zu gewissen Zeiten reiten sie auf einem schwarzen Kater nach Kiew und halten über der heiligen Stadt schwebend, hoch in den Lüften ihre Versammlungen. Ja, hier bei uns nehmen Sterne, die zur Erde fallen Menschengestalt an und werden zu Vampyren, Letawiza, der fliegende Stern. und es giebt Menschen mit dem bösen Blick und Nachts irren die Seelen der Kinder umher und verlangen nach der Taufe.« –

»Weßhalb sollte es hier nicht auch allerlei Spuk geben und ein schönes Weib aus kaltem Marmor, dessen weiße Glieder zur Mitternachtsstunde das warme Blut des Lebens durchströmt!«

»Was für ein Phantast!« rief Herr Husezki, »nun möchte ich aber selbst wissen, was es mit dem alten Schlosse eigentlich auf sich hat.«

»Die Wahrheit kann ich Euch sagen, Ihr jungen Leute«, begann der alte Herr nach einer kleinen Pause, während der Panna Kordula den Samovar mit rother Kohlengluth gefüllt und Anielas kleine rosig angehauchten Hände auf dem Piano ein paar Accorde einer melancholischen Volksmelodie gegriffen hatten. Er begann damit, sich in blaue Wolken einzuhüllen.

»Das Wahre an der Sache ist«, fuhr er fort, »daß in der That in dem großen Saale des Schlosses ein herrliches Marmorbild zu sehen ist, das ein schönes Weib darstellt, ein Wunder von einem Weibe. Einige behaupten ein Vorfahre der Familie Tartakoswki sei mit dem rothen Kreuze auf der Brust nach Palästina gezogen, um das heilige Grab zu befreien, und habe aus Byzanz ein Venusbild, von der Hand eines griechischen Künstlers gefertigt, mitgebracht.

»Andere erzählen, daß eine durch ihre Schönheit und durch ihre Laster berühmte Dame aus der Familie Tartakowski, sich von einem italienischen Bildhauer in dieser Weise habe meißeln lassen, und zwar in einem Costüme, das nicht der Mode unterliegt und das schon Eva im Paradiese getragen hat, nota bene vor dem Sündenfall. Dies soll zur Zeit des Benvenuto Cellini geschehen sein und die schöne Dame war die Starostin Marina Tartakowska.«

»So ist es«, sagte plötzlich eine tief sanfte Stimme, die aus der Unterwelt zu kommen schien.

Alle fuhren zugleich von ihren Sitzen empor, Aniela stieß einen gellenden Schrei aus und schlug die Hände vor das Gesicht, Panna Kordula ließ eine Tasse fallen, welche wie eine Granate auf dem Boden explodirte, und der von einem Splitter getroffene kleine Wachtelhund begann wüthend zu bellen.

»Ich bitte um Vergebung und falle den Herrschaften zu Füßen«, säuselte Maurizi Konopka, welcher wieder in seinen Tanzschuhen ungehört hereingeschwebt war und jetzt mitten in unserem Kreise stand. »Das lebensgroße Portrait«, fuhr er leise fort, »hängt in einem düstern getäfelten Zimmer des Schlosses, dessen Decke ein großes Gemälde, Diana im Bade, den sie überraschenden Aktäon in einen Hirsch verwandelnd, darstellt. Die Starostin ist in dunkeln Sammt gekleidet und hat eine polnische Mütze mit Reiherbusch auf. Ich habe das Bild gesehen und die Starostin schien mich anzusehen und mir war dabei zu Muthe, als sollte meine Haut auf gut tartarisch über eine Trommel gespannt werden.«

»Das mag sein«, fiel der Adjunkt ein, »in Krakau befinden sich vielerlei alte merkwürdige Akten, darunter auch mancher Proceß aus der Zeit der Starostin Marina, welcher von der Willkür dieser schönen Wittwe zeugt, die auf Tartakow gleich einer unbeschränkten Monarchin residirte und gebot. Einmal war sie des Mordes an einem ihrer Diener angeklagt, und da dieser adeliger Abkunft war, begab sich eine königliche Kommission zu ihr, aber schon der Anblick dieser berückenden Frau genügte, um die Richter zu entwaffnen, Und die Justiz kehrte, von Amor mit einem Rosenzweige verjagt, unverrichteter Sache heim. Übrigens soll das Schloß jetzt so gut wie herrenlos sein.«

»So«, sagte Pan Bardoßoski, indem er seine Bernsteinspitze erstaunt aus dem Munde nahm, »was wäre denn aus der Wittwe des letzten Besitzers, der schönen Zoë Tartakowska geworden?«

»Sie hat in der letzten Zeit in Paris gelebt«, erwiderte der Adjunkt, »aber ich habe vor Kurzem erst vernommen, daß sie gestorben sei.«

»Schade«, murmelte der alte Herr, »sie war eine Frau, wie die Starostin Marina, nur etwas nach der Mode zugeschnitten, aber ein schönes Weib.«

»Nun, nun, schwärme mir nur nicht zu sehr«, sprach Frau Bardoßoska.

Einige Zeit sprach Niemand, dann sprang Manwed plötzlich auf und rief: »Ich muß hin.«

»Wohin?«

»In das gespensterhafte Schloß.«

»Was fällt Ihnen ein«, sagte Frau Bardoßoska, »es ist doch unheimlich, was man so hört.«

»Nun, ich denke, was Herr Konopka zu wagen sich traute, dazu wird mir der Muth auch nicht fehlen«, versetzte Manwed und drehte seinen Schnurrbart.

»Oh! er scherzt nur«, hauchte Aniela.

»Ich scherze nicht, mein Fräulein.«

»Manwed, Sie werden nicht zu dem Marmorweibe gehen«, rief jetzt Aniela mit aller Heftigkeit, die ihr zu Gebote stand.

»Ich werde, und zwar Nachts, ich will sehen ob die kalte Schöne lebendig wird.«

»Manwed«, sagte Aniela mit matter Stimme, aber in sehr bestimmtem Tone, »ich verbiete Ihnen zu gehen.«

»Vergeben Sie«, murmelte der Trotzkopf, »aber ich muß schon so ungalant sein und diesmal nicht gehorchen.«

Aniela sah ihn lange an, mehr erstaunt als böse, dann wendete sie sich ab, ihr Busen hob sich, ihr Athem stockte, Thränen flossen auf ihren Wangen herab.

Manwed nahm seine Mütze, empfahl sich kurz und ging. Nicht lange und wir hörten die Peitsche seines Kutschers knallen, die Glöckchen klingen.

Aniela verließ schluchzend das Zimmer. – Am folgenden Morgen besuchte ich Manwed in der Absicht Frieden zu stiften, aber er zeigte sich wo möglich noch halsstarriger als am vorhergehenden Abend.

»Alle sind sie Tyranninnen, unsere Frauen«, rief er erbost, »nur daß die einen uns mit Füßen treten und die anderen mit Thränen mißhandeln. Wenn ich dieses eine Mal nachgebe, bin ich verloren. Jetzt werde ich das geheimnißvolle Schloß um so gewisser besuchen und zwar auf der Stelle.« Er zog sich rasch an, ließ sein Pferd satteln und nahm vor der Freitreppe seines Hauses Abschied von mir.

»Also Du reitest wirklich?«

»Du siehst ja.«

»Nun, ich bin neugierig, was da herauskommt.«

»Ich auch.«

Ein gegenseitiges Zunicken und er gab dem Pferde die Sporen, der Schnee knirschte unter den Hufen desselben und leuchtende Eisstücke flogen auf. Ich sah ihm nach bis er in dem weißen Nebel verschwunden war.

Zwei Abende blieb Manwed aus, am dritten kam er, und wurde ziemlich kühl empfangen, Aniela schien ihn nicht einmal zu sehen, sie spielte und scherzte ziemlich laut, was sonst nicht ihre Art war, mit dem kleinen Wachtelhund, der sich darüber sehr erfreut zeigte, abwechselnd knurrte, winselte und bellte, sich bald auf die Vorderpfoten niederließ, bald auf die rückwärtigen aufstellte, und unabläßlich wedelte.

Manwed saß gegen seine Gewohnheit schweigend da, sein Gesicht war ernst, nachdenklich, und sehr bleich, seine dunkeln Augen loderten nur in demselben, eine finstere Falte lag über ihnen wie ein Schatten, oder die Narbe eines Säbelhiebes.

Endlich nahm der alte Herr das Wort. »Nun? was? waren Sie etwa oben, Herr Werofski?«

Das »Herr« wurde stark betont.

Manwed begnügte sich leise zu nicken.

»Nun so erzählen Sie«, rief der Adjunkt und riß seine weißen Manschetten hastig aus den Ermeln seines schwarzen Rockes hervor.

»Ich bin nicht neugierig«, warf Aniela hin.

»Es ist immerhin interessant«, sagte die Hausfrau mit Würde, »nehmen Sie eine Tasse warmen Thees und dann erzählen Sie.«

Und Manwed nahm eine Tasse warmen Thees, lockerte den großen Knoten seines seidenen Halstuches, rieb sich die Augendeckel und begann zu erzählen.

»Wenn ich nicht hier unter Ihnen sitzen, den Samovar singen, das Feuer prasseln und die große Pfeife des würdigen Herrn Bardoßoski vernehmlich seufzen hören würde, ich würde glauben, daß ich zwei Tage und zwei Nächte und wieder einen Tag geschlafen habe und daß mich die sonderbarsten und unheimlichsten Träume während dieser Zeit gequält haben, ja ich würde glauben, daß ich jetzt noch träume, denn ein feiner durchsichtiger Nebel, wie der Schleier einer Majka, aus blassem Mondlicht gewoben, trennt mich von Ihnen, und in weiter Ferne steht eine Gestalt und deutet und winkt –

Es war ein heiterer Wintermorgen, voll Glanz und goldenem Lichterspiel der Sonne auf dem weißen Schnee, der die Erde weich einhüllt, auf den hohen Fichten und Tannen, die ihre Äste wie schwarze Arme aus weißen Mänteln hervorstrecken, auf den Eisfransen, mit denen die Strohdächer der Bauernhütten an der Mitternachtsseite verziert sind, dem festgefrorenen Teiche, der sich in eine silberne Wiese verwandelt hat und dem schwarzen metallischen Gefieder der Krähen, welche auf dem Wege steif einherschreiten, mit einer Art Wichtigkeit vor sich hin nicken und schwer, gleichsam unwillig auffliegen, um sich wieder auf die Straße oder einen mit blitzenden Nadeln besäten Baum zu setzen. Langsam drehten sich aus allen Klüften und Spalten des Gebirges aschgraue Dünste empor, wie der Rauch ausgeblasener Kerzen, die Sonne verschleiernd, und kamen mir rasch entgegen.

In dieser feuchten, strömenden Nebelfluth schien mein Pferd nicht zu gehen, sondern vorwärts zu schwimmen und von Zeit zu Zeit kauerte sich eine sagenhafte Erscheinung in undurchdringlichen Schleier gehüllt oder mit wallendem weißen Bart, in den Büschen und Feldrain nieder.

Doch es währte nicht zu lange, so wurde der Himmel zu durchsichtigem Alabaster, der sich mehr und mehr färbte, und endlich einen glühenden Kreis zeigte, aus dem die Sonne triumphirend hervortrat. Die grauen Wogen ballten sich zu Wolken zusammen und wälzten sich über den Wald hinüber. Ein rosenfarbener Hauch schwebte um sie, Bäume und Sträuche waren mit einem Male mit Lichtperlen behängt und der Schnee hatte den weißen Glanz des Atlas. Die Berge zeigten zwischen dunklem Holz Stellen so grell und so weiß wie Kreide, und jedes überragende Felsenhaupt war von einer leuchtenden Gloriole umstrahlt, der Himmel trug eine blaßgrüne Farbe, die sich nach und nach in das Blaue verlor, bis der reinste Azur mich überspannte und nur kleine weiße Wolken, wie wandernde Schwäne, durch denselben zogen.

Und da lag auch der graue zerbröckelte Felsen, mit dem düsteren Schlosse vor mir.

Ich ritt um denselben herum und fand einen sanften Abhang, über den sich ein verwilderter Park erstreckte, doch war auch hier keine Straße, nicht einmal ein Fußpfad zu entdecken. Mein Thier mußte sich schnaubend selbst den Weg bahnen. So kam ich endlich zu einem großen Thore mit verrostetem Beschläge und sah mich vergebens nach einem Glockenzuge oder einem Thürklopfer um. Zu beiden Seiten ragte die hohe, graue Mauer, auf deren breiter Zinne im Laufe der Jahrhunderte eine Art kleiner Garten entstanden war. Einzelne Wurzeln liefen die ganze Höhe der Mauer herab und verschlangen sich unten zu wunderlichen Bildungen. Über dem Thore war ein graues vom Regen verwischtes Wappen.

Ich stand in den Steigbügeln auf und ließ ein lautes Hurrah! ertönen, doch ehe noch das Echo der nahen Felsen es zurückgegeben hatte, öffnete sich mit einem schauerlichen Seufzen in dem einen Flügel des großen Thores ein schmales Pförtchen und ein alter Mann erschien in demselben, der mich mit tiefer Reverenz, die Mütze in der Hand, begrüßte. Ich habe seinesgleichen nie gesehen, wenn nicht etwa auf uralten Bildnissen oder auf dem Theater, wenn ein Stück aus der polnischen Geschichte dargestellt wurde.

Er machte den Eindruck, als wäre eine der grauen, verwitterten Steingestalten aufgestanden, die auf den Marmor-Särgen unserer vor Jahrhunderten verstorbenen Edeln mit gefalteten Händen liegen. Die ganze Gestalt des Alten war in einer Weise verfallen und schlottericht, wie wenn sie im nächsten Augenblick in Moder zerstäuben sollte, das verschrumpfte Gesicht mit den vergilbten Wangen glich einem ehrwürdigen Pergament, von zahllosen kleinen Runzeln wie von einer unleserlich gewordenen Schrift überzogen. Seine Tracht war die altpolnische, etwa aus der Zeit Johann Kasimirs, wo der tartarische Schnitt den slavischen bereits vollständig verdrängt hatte. Er trug hohe faltenreiche Stiefeln von Saffian, der einst grün gewesen sein mochte, über weiten Beinkleidern einen langen Kontusch, dessen geschlitzte Ärmel auf dem Rücken zusammengeknüpft waren, einen breiten Metallgürtel, an einer starken Schnur hing ihm ein krummer Säbel um die Schultern, dies alles war fahl grau und düster von Farbe. Auf seinem kahlen Kopfe stand ein Büschel Haare aufwärts, das der Luftzug leise bewegte, es war als habe er nach der Mode jener Zeiten sein Haupt glatt rasirt und trage die tartarische Hordenlocke.

Sein grauer Schnurrbart hing bis auf den Kontusch herab. Er verneigte sich nochmals sehr artig und ceremoniell.

»Du bist wohl erstaunt einen Gast zu bekommen, was Alterchen«, sagte ich so leicht hin, als es mir nur gelingen wollte. Er schüttelte das Haupt. »Ich habe Sie erwartet«, sagte er, und ein freundliches Lächeln zog über sein versteinertes Antlitz.

»Setze doch Deine Mütze auf«, rief ich.

Er nickte, setzte die graue Czapeka schief auf das linke Ohr, öffnete das Thor und nachdem ich hineingeritten war, schloß er es wieder und sperrte hinter mir zu. Der große Schlüssel sang weinerlich in dem rostigen Schlosse.

»Nun, willst Du mir alle Deine Schätze zeigen, Alterchen«, begann ich, nachdem ich abgestiegen war und er den Zügel meines Pferdes ergriffen hatte.

»Es wird eine seltene Ehre für mich sein«, gab er mit einer Stimme zurück, die wie eine verrostete Thür knarcte, »und man nennt mich Jakub, wenn Sie nichts dawider haben, mein Herr Wohlthäter.«

Während er mein Pferd in den Stall führte, hatte ich Zeit mich im Schloßhofe umzusehen. Vor mir lag eine Art Palast mit bleifarbenem Dach, unter dem ein Drachenkopf bereit war, das Regenwasser in weitem Bogen auszuspeien, einem Balkon, den nackte Türken auf ihren steinernen Schultern trugen und einer prächtigen Freitreppe. In einer tiefen Nische, welche die Mauer bildete, waren der häßliche Kopf und die mit Ketten beladenen Hände eines Mongolen-Fürsten in Stein gehauen zu sehen. Der mit Steinen gepflasterte und mit einem leichten Schneeteppich bedeckte Hof hatte in der Mitte eine gemauerte Cisterne, über die eine große Linde ihre breiten Äste streckte, zwei Krähen, die auf denselben saßen, stießen von Zeit zu Zeit ein gellendes Freudengeschrei aus, als gälte es den Fremden würdig zu begrüßen, allerorten lag Schutt, lagen zerbrochene Ziegel oder wüste Steinhaufen.

Der Alte kam zurück, winkte mir und schickte sich an das Gitter zu öffnen, das die Freitreppe verschloß. Sein Gang und seine Bewegungen hatten etwas schattenhaftes, ich glaube, wenn die Sonne geschienen hätte, ich hätte durch ihn durchsehen können. Ich bemerkte erst jetzt, daß ein großer Rabe stille und ernsthaft seinen Schritten folgte.

Er führte mich langsam die Freitreppe empor, schloß oben eine kunstreich verzierte Thüre auf, und ich überschritt die Schwelle des verrufenen unheimlichen Gebäudes. Wir gingen über breite Marmorstiegen und heimliche Wendeltreppen auf und nieder, durch Gänge, welche jetzt breit und herrlich wie eine Allee und dann wieder dumpf und ängstlich wie der Schacht eines Bergwerkes waren. – Große holzbraune Thüren mit Metallbeschlag wurden aufgeschlossen und wieder gesperrt, manchmal genügte ein Druck des Fingers und eine Wand sprang auf und ließ uns durch, und durch die Zimmerfluchten, zogen mit uns die Schatten vergangener Jahrhunderte; hier hingen schwarze Rüstungen, mit weißen Engelfittichen, erbeutete Türken-Fahnen, Heerpauken, tartarische Köcher mit vergifteten Pfeilen, in Gemächern, deren Tapeten Scenen aus dem alten Testamente darstellend verblichen und von Motten zerfressen waren, die sich bei der leisesten Berührung in Schwärmen erhoben und umherschwirrten; dort einen Korridor weiter thronte die ganze kapriziöse Grazie einer Rokoko-Schönen. Da gab es niedliche mit verblaßtem blauen Atlas oder gelb gewordenen weißen Musselin tapezierte Boudoirs mit großen Kaminen, auf denen dickbäuchige Porzellan-Chinesen, mit Toiletttischen, auf denen Spiegel in Silberrahmen und all' den Nippes jener Zeit zu sehen waren.

Aus majestätischen Sälen mit sinnigem Stuckatur-Schmuck und gigantischen Fresken kam man in Schlafgemächer mit prunkvollen Himmelbetten. Da stand eine Vase, wie sie nur der Schönheitssinn eines Helenen oder Italieners schaffen konnte auf marmorenem Piedestal, und eine Thür weiter nahm ein großer geschnitzter Schrank die Breite der Wand ein, gefüllt mit all' dem wunderlichen Glaswerk und Thongeschirr, bunt bemalt, mit kernigen Sprüchen versehen, wie es der bizarre deutsche Geschmack im fünfzehnten und sechszehnten Jahrhundert erzeugte. In dem kostbaren von der Zeit geschwärzten Getäfel der Wände pochte der Holzwurm, die Fenster waren meist erblindet, und an den alten Bildern, die allerorten die Wände schmückten, waren im Laufe der Jahrhunderte die Farben so stark gedunkelt, daß die kühnen Ritter, die prächtigen Starosten und die reichgekleideten Damen alle tief im Schatten zu stehen schienen und hie und da ein schönes Antlitz wie aus der Düsterheit der Nacht hervorleuchtete. Und alles war verwahrlost, verfallen, mit aschgrauem Staub bedeckt und mit Spinnweben behängt, die Luft roch nach Moder, und auch der alte graue Mann erschien mir plötzlich wie mit Schimmel überzogen.

Endlich kamen wir in ein mäßig großes Gemach, das im Viereck gebaut und mit dunklem Holze verkleidet war und in dem sich weder ein Einrichtungsstück, noch ein Geräthe befand. An der mittleren Wand hing ein Bild in rauchigem Goldrahmen und auch dieses war mit einem grünen Vorhang bedeckt.

Der Alte winkte mir stehen zu bleiben, er hatte während der ganzen Wanderung kein Wort gesprochen und sprach auch jetzt nur durch Zeichen und Blicke, näherte sich auf den Fußspitzen dem grünen Vorhange und zog an einer verborgenen Schnur.

Staub stieg empor und aus der grauen Wolke, die sich schnell verzog trat eine weibliche Figur von seltsamem Reize. Es war eine hochgewachsene Frau von schlangenartiger Schlankheit in dunkeln Sammt gekleidet, welche mir ein kaum schön zu nennendes, aber in seiner sanften Wildheit und lächelnden Schwermuth berückendes, von dunkeln Locken, auf denen eine polnische Mütze leicht und kokett saß, dämonisch eingerahmtes Antlitz zukehrte. Ihre großen dunkeln brennenden Augen schienen zu phosphorisiren und als ich zurückwich mir zu folgen.

Was in diesem Blick lag, ich weiß es nicht, etwas Unbegreifliches, das mir den Athem benahm, mir das Herz in der Brust hämmern und die Knie schlottern machte.

»Sie ist gut getroffen«, flüsterte der Alte.

Ich sah ihn entsetzt an, wie man eben einen Menschen ansieht, bei dem man plötzlich entdeckt, daß sein Geist gestört ist. Er schien es zu bemerken, zuckte die Achseln und verhüllte das Bild. Ich empfand in diesem Augenblick einen brennenden Schmerz am Zeigefinger. Es war mein Verlobungsring, der mich zum ersten Male seitdem ich ihn trug in das Fleisch schnitt. »Nun, Herr Jakub«, sagte ich, »werdet Ihr mir nun auch das Marmorweib zeigen?«

Er streckte seine dürre Hand, die nicht viel anders als ein welkes Blatt war, aus dem Ärmel des Kontusch hervor und schwenkte sie hin und her. »Ich weiß es«, sagte er mit seiner knarrenden Stimme, »daß der Herr deshalb gekommen ist, aber jetzt ist es nicht an der Zeit. Kommen der Herr Wohlthäter morgen Nachts, da haben wir Vollmond, da werden die Todten lebendig.«

»Bist Du bei Sinnen«, stieß ich halb unbewußt hervor.

»Sehr wohl, mein theurer Herr«, erwiderte er mit einem Lächeln, das sich wie ein Sonnenstrahl in seinen grauen Schnurrbart stahl, »ich weiß auch was ich rede, das Bild ist gut getroffen und auch der todte Stein hat Ähnlichkeit, ich kenne sie, doch wer soll sie denn kennen, wenn ich sie nicht kenne? Habe ich sie doch auf diesen meinen Knieen geschaukelt, so wahr ich Gott liebe.« –

Mir schauerte vor der tiefen Überzeugung, mit der der Alte das Unmögliche aussprach, ich gab ihm rasch ein Goldstück, das er ehrerbietig nahm, eilte in den Hof hinab, ließ mein Pferd aufführen und ritt den Abhang hinunter mit dem Vorsatz, dem geheimnißvollen Schlosse und seinem wahnsinnigen Bewohner nie wieder in die Nähe zu kommen. –

Aber es war dies ein Vorsatz wie eben Vorsätze sind. Schon am nächsten Morgen nannte ich mich einen Feigling, Mittags hielt ich mir selbst eine schöne Rede gegen den Aberglauben und mit Anbruch der Nacht saß ich im Sattel, um dem schönen Marmorbilde einen Besuch zu machen.

Es war kalt, aber die Luft stille und ohne Regung. Die große reine Scheibe des Vollmondes stand bereits hoch am Himmel, so daß von dem goldenen Licht und dem Blitzen der Sterne nichts mehr zu sehen war, als ein bleicher dämmeriger Schimmer. Es schien Tag zu sein, ein trüber Tag mit bleigrauem Lichte zwar, aber doch Tag, so mächtig war die Silberhelle des Mondes, von der Nähe und Ferne überströmt waren und welche der Schnee, der Alles umher gleichmäßig in sein grelles Weiß einhüllt, scharf zurück warf. Man konnte weithin jeden noch so kleinen Gegenstand erkennen, nur in der Ferne schwebte es wie leichter Rauch und hinter demselben standen die Berge in diamantenen Schleier gehüllt.

Schnee und Mond sind in solchen klaren ruhigen Nächten erstaunliche Künstler, Baumeister und Bildner vor allem, sie wetteifern, Gestalten in unseren Weg zu stellen und fabelhafte Gebäude aufzurichten.

Da, wo sonst eine verlorene rußige Bauernhütte mit windschiefem Strohdach steht, haben sie einen herrlichen Eispalast mit blitzenden Fenster aufgeführt, wie jenen der unter der Regierung der Czarin Anna auf dem Eise der Newa erbaut worden ist. Von einem breiten Hügel winkten düstere Säulen mit funkelndem Knauf, frei in die Luft ragend gleich einer griechischen Tempelruine. An dem Ufer des Teiches schien eine vom Scheitel bis zur Sohle in weißen Schleier eingehüllte Tartarenfrau zu stehen und sich in seiner grün leuchtenden Eisfläche wie in einem Spiegel zu beschauen, während in der Ferne Götterbilder ragten, aus blendendem Marmor geformt, und auf dem schimmernden Plan der Wiese holde Elfen sich zu einem geisterhaften Reigen verschlingen.

Auf dem Friedhofe war jedes der armen Gräber mit einem hohen Sarkophag geschmückt, über dem ein weißes Kreuz erglänzte und friedlose Todte in schleppenden Grabtüchern schwebten drohend dazwischen.

Das Rad der Mühle stand versteinert, große Eissäulen stützten die Rinne, der silberne Sturz des Baches war erstarrt und in ihm glühten Stauden und Halme in allen möglichen Farben, gleich den Blumen aus Edelsteinen der Tausend und eine Nacht.

Und wenn weithin kein Dach, kein Baum, kein noch so kleiner Strauch zu sehen war, nur die stille Glanzfluth des Mondes auf den weißen Wogen des Schnees, dann war es mir, als schwebte ich auf dem Zauberpferde hoch in den Lüften, über mir die Gestirne, unter mir die weißen schimmernden Wolken.

Es währte nicht lange, so kündigte die Erde wieder ihre Nähe an, die Lichter eines Dorfes guckten in der silbernen Dämmerung auf, eine Schmiede versendete Funken und eine rothe Feuersäule stieg aus ihrem Rauchfang gegen den Himmel, schwere Hammerschläge pochten im melancholischen Takt durch die Nachtstille und am Rain stand ein Brunnen von einem Schneetuch überdeckt, dessen gefrorener Strahl seltsame Arabesken bildete. Hinter den Hütten stieg der Abhang des Gebirges, ein Tannenwald mit beschneiten Wipfeln herab, wie ein Kosakenheer auf schwarzen Pferden mit hohen weißen Lammfellmützen und glänzenden Lanzen. Dort, wo die gelben Schafte des Mais stehen geblieben waren, ein beschneiter Acker, schimmerte es wie mondbeglänztes Schilf im hellem Spiegel eines Teiches.

Eine Strecke weiter stand ein Kreuz am Wege und der Heiland war mit diamantenen Nägeln an dasselbe geschlagen und trug statt düsterer Dornen eine leuchtende Strahlenkrone.

Und war bisher nichts Lebendiges zu spüren, so zeigte sich plötzlich auf der in Schnee gehüllten Wintersaat eine muntere Gesellschaft grauer Feldhasen, welche im hochzeitlichen Lichte des Mondes scherzte und liebelte, hier wühlten einige emsig den Schnee auf, um Nahrung zu finden, dort spielten andere und schrieen gleich kleinen Kindern und schlugen sich mit den Vorderläufen, andere kamen mit leichten Sprüngen, setzten sich plötzlich auf, um mich anzusehn, legten die Löffel zurück und streckten sich eben so schnell wieder lustig in die Höhe, wenn sie mich weiterreiten sahen. In der Ferne bellte heiser und verdrossen ein alter Fuchs.

So erreichte ich Schloß Tartakow.

Vor dem Thore schauerte mein Pferd, und wie der seltsame Alte ungerufen und ungebeten die schweren Flügel auflehnte, fiel es auf die Hinterhufe zurück und wollte nicht in den vom magischen Lichte erfüllten Hof. Endlich gehorchte es den Sporen, aber nur zitternd und mit einem traurigen Schnauben. Als mich der Alte die breite Steintreppe hinaufführte, erhob sich ein eisiger Luftzug, die alte Linde rauschte wehmüthig, tief unten sank schauerlich ein wilder Bergstrom, dessen selbst der Winter mit seinen eisigen Ketten nicht Herr werden konnte, und über mein Haupt weg zogen fabelhafte, herzzerreißende, traurig süße Töne.

»Was ist das?« fragte ich.

»Es ist die Aeolsharfe«, entgegnete der Alte, »die steht nun schon bei hundert Jahre auf dem Thurm, so weit ich mich erinnere.«

Wir traten in ein freundliches Zimmer mit grünen Vorhängen, das behaglich erwärmt war, im Kamin brannte frisches Fichtenholz und verbreitete einen angenehmen narkotischen Geruch. Vor einem geblümten Sopha stand ein gedeckter Tisch. Ich bemerkte kostbares Porzellan und uraltes Silber mit dem Wappen der Familie Tartakow verziert.

Der seltsame Alte lud mich ein, Platz zu nehmen, setzte den Samovar auf und bediente mich mit der vollen Würde eines ergrauten Haushofmeisters. Ich nahm nur wenig, ich war zu sehr erregt. Der Zeiger auf der alterthümlichen Wanduhr schien mir stille zu stehen.

Endlich nahte er der zwölften Stunde.

»Es ist Zeit«, sagte ich.

»Ja, es ist Zeit«, stimmte der Alte bei. Er nahm seinen Schlüsselbund vom Gürtel und begann aufzusperren, Thüre auf Thüre, wir gingen wieder durch lange Gänge und endlose Zimmerreihen, nur daß diesmal Alles ein gespenstisches Leben gewann, aus den schwarzen Visiren blitzten mich feindselige Augen an, die unheimlichen Gestalten in den goldenen Rahmen drohten herauszutreten auf die verfallenen Teppiche und sogar die alten Fahnen und die Vorhänge schienen sich zu regen und zu flüstern.

Nachdem der Alte die mit Silber verzierte schwarze Thüre eines großen Saales geöffnet hatte, den ich das erste Mal nicht betreten hatte, sprach er:

»Hier muß ich Sie allein lassen, mein Herr Wohlthäter, gehen Sie nur muthig vorwärts, Sie gelangen am Ende des Saales an zwei Treppen, die links führt zu dem Marmorweibe, treten Sie ein.«

Ich überschritt die Schwelle und stand in einem herrlichen Saal mit hohen Fenstern, durch die das volle Licht des Mondes hereinfiel und den ganzen Raum zauberhaft erhellte. Ich hörte die Thüre hinter mir zufallen und die traurig süßen Töne der Äolsharfe in den Lüften schweben. Es fiel wie ein kalter Stein auf meinen Weg, aber ich ermannte mich und ging vorwärts.

Meine Schritte hallten auf den Marmorplatten, und langsam wie ich mich den beiden Treppen, die sich am Ende des Saales erhoben, näherte, stiegen oben in dem silbernen Lichte des Mondes zwei Gestalten aus dem Boden empor.

Zu meiner Rechten stand der Heiland in weißem wallenden Gewande, das schöne Haupt mit der Dornenkrone bekränzt, das schwere Kreuz auf der Schulter, den Blick voll sanften Schmerzes auf mich gerichtet und winkte mit der Hand.

Zur Linken aber zeigte sich ein Weib, dessen marmorne Glieder sich im Mondlicht zu dehnen und zu leuchten schienen, ein Weib von jener Schönheit, die etwas Teuflisches an sich hat, die uns mit holder Qual erfaßt, die uns im Leiden jauchzen und im Genusse weinen lehrt. Ihre weiße kalte Hand schien ausgestreckt nach meinem warmen zuckenden Herzen, ihre todten weißen Augen hatten einen verschwommenen sammtenen Glanz und einen Blick, der durch meine Seele ging wie Frühlingswehn.

Du sollst das Kreuz der Menschheit auf Dich laden! schien der Heiland sanft zu mir zu sprechen, sie aber hob die todten, süßen, schwellenden Lippen zum Kusse. –

Eine räthselhafte Gewalt zog mich zu ihr, die Stufen empor, in den sanften Dämmerschein der um sie schwebte, und wie ich vor ihr auf den Knieen lag, zog ich den Ring herab und ließ ihn auf ihren weißen Finger gleiten. Sie empfing ihn ruhig, kalt, wie ein Marmorbild, wie eine Göttin, eine Todte, und ich neigte meine Lippen zu ihren schönen Füßen nieder und küßte sie.

Dann stand ich auf und streckte meine Hand aus nach dem Ringe.

Da geschah das Unglaubliche, was mir das Herz erstarren machte und meinen Geist verwirrte. Sie schloß die Hand, und gab mir den Ring nicht mehr zurück.

Grauen erfaßte mich, ich wich zurück und wäre fast die Treppe hinab gestürzt nach rückwärts, doch faßte ich mich noch einmal und sagte laut zu mir: ein Spiel der Phantasie, eine Gaukelei des Mondes, weiter nichts.

Die Wölbung gab mir meine Worte zurück, aber spöttisch, wie mir schien und mit einem Tone, der nicht der meine war. Ich trat noch einmal zu dem schönen Weibe hin und wirklich hielt sie mir ihre weiße Hand mit göttlicher Anmuth offen hin wie vordem und ich sah an ihrem Finger den goldenen Reif. Noch einmal versuchte ich ihr ihn zu entreißen, aber sie schloß von neuem die Hand und als ich Gewalt gebrauchen wollte, fühlte ich die marmornen Finger zur Faust geballt zwischen meinen Händen. Es durchschauerte mich.

Ich weiß nicht, wie ich aus dem Saale, wie ich aus dem Schlosse gekommen bin. Mir kehrte erst die Besinnung wieder als der Morgenwind mir eisig in die Wangen schnitt, aber das gespenstische Weib schien mir zu folgen, ich sah es vom Frühroth zart angehaucht in einer Wolke stehen, die über den Teich zog, und sah noch unweit meines Edelhofes ihren schönen weißen Leib durch die schwarzen Tannen schimmern. Ich sehe sie seitdem im Traume und auch im Wachen, mit offenen Augen seh ich sie, wie sie sanft, gleich einem Mondstrahl in das Zimmer tritt, und mich anlächelt mit ihren weißen Todtenaugen.«

Während Manweds Erzählung war Herr Konopka eingetreten, vielleicht nicht ganz so wie ein Mondstrahl, aber jedenfalls leise genug, und starrte die reizende Aniela an. Plötzlich stieß diese einen gellenden Schrei aus, wir erblickten jetzt alle zu gleicher Zeit den guten jungen Mann, und es gab keinen, der nicht ein wenig zusammen fuhr.

»Aber was haben Sie denn?« fragte Frau Bardoßoska ärgerlich, »daß Sie uns jedesmal so erschrecken müssen?«

»Ich weiß nicht«, erwiderte Herr Konopka, der wie Espenlaub zitterte, »aber so viel ist gewiß, daß ich mich selbst entsetzlich fürchte.«

»Sie fürchten sich«, spottete Kordula, »wovor denn?«

»Die Geschichte des Herrn Werofski hat mir jedes Haar emporgerichtet auf meinem Kopfe«, stammelte Maurizi.

Der alte Herr blies eine Wolke blauen Dampfes zur Seite, stopfte mit den Fingern den Tabak fester und sagte dann:

»Ein gut erzähltes Märchen!«

Aniela hatte sich erhoben und Manweds Hand ergriffen.

»Wo haben Sie den Ring, den ich Ihnen gegeben habe?« fragte sie, die sonst so klare Stirne von tiefem Schatten überflogen.

»Ich habe ihn nicht.«

»Ein unpassender Scherz«, rief Kordula.

»In der That«, fügte ihr Verehrer bei.

»Kein Scherz«, sagte Manwed, »den Ring hat die marmorne Todte.«

Niemand sprach mehr ein Wort von der Sache, aber alle waren sichtlich verstimmt und so beeilte sich Manwed aufzubrechen. Ich begleitete ihn zu seinem Schlitten.

»Glaubst Du nicht, daß es an der Zeit wäre Dein Benehmen zu ändern?« sagte ich.

»Also auch Du meinst, daß ich scherze«, erwiderte er gereizt, »gut, ich aber sage Dir, daß ich keinen Willen mehr habe, daß meine Seele einem Dämon in Venusgestalt verfallen ist, und daß ich diese kalte todte Schöne, ohne Herz, ohne Sprache, ohne Augen liebe, wie ein Wahnsinniger«, damit fuhr er fort.

Ich fand, in das Haus zurückgekehrt, alle Anwesenden in unbeschreiblicher Aufregung. Maurizi schwor, daß er nicht allein nach Hause fahren werde, der Adjunkt sprach belehrend von der Macht der Einbildung über den Menschen; die Gefühle des Herrn Bardoßoski verdolmetschte uns ausschließlich seine lange Pfeife, welche gleich einem kleinen Kinde greinte und wimmerte. Niemand hatte Lust etwas zu sich zu nehmen und die Tarokkarten lagen unberührt. Plötzlich zog die Hausfrau die Brauen zusammen und blickte auf das Fenster.

»Wer steht denn dort?« fragte sie kleinlaut. Wir sahen jetzt alle zugleich eine weiße Gestalt, von dem bleichen Lichte des Mondes mysteriös beschienen.

»Sie ist es«, murmelte Maurizi, »sie sucht ihn.«

»Wer?« fragte Aniela, von Eifersucht erfaßt, ihre Stimme bebte.

»Das Marmorweib, wer sonst!« erwiderte Maurizi. Er winkte mit der Hand, als wollte er sagen, der, den Du suchst ist fort, weit von hier, aber die weiße Gestalt rührte sich nicht von der Stelle.

»Meine Pistolen«, keuchte Herr Bardoßoski, »ich will eine geweihte Kugel laden, wir wollen doch sehen —« er vollendete nicht sondern nahm seine Kuchenreiter von der Wand und ließ den Hahn knacken.

»Reden Sie doch mit ihr«, flehte Aniela.

»Madame«, begann Maurizi mit einer wahrhaft erbärmlichen Stimme, »er ist nicht da, er ist nach Hause gefahren, wenn Sie sich ein wenig beeilen, können Sie ihn noch einholen. Für Sie ist das ein Scherz.« Seine Zähne klapperten. »Sehen Sie doch«, fuhr er fort, mich in den Arm kneipend, »den feurigen Athem, den das schreckliche Weib von sich gibt. Ist das nicht merkwürdig?«

»Noch merkwürdiger ist es«, sagte der alte Herr mit einem behaglichen Gelächter, »daß das Gespenst eine Pfeife im Munde hat, und aus derselben raucht.«

Er ging langsam zum Fenster, öffnete es, und nun sahen wir den ganzen Spuk mit heiterer Deutlichkeit im Mondlicht dastehen.

Aus dem Hofe tönte ein muthwilliges Gelächter.

Ein Schneemann mit einem großen Kopf und einem runden urdummen Gesicht stand mit dicken Beinen in der Stellung eines Matrosen da. Der Kutscher und der Bediente hatten ihn mit aller Kunst die ihnen zu Gebote stand aufgerichtet und der Kosak hatte ihm seine kurze brennende Pfeife in das breite Maul gesteckt. Nun gab es ein lautes ausgelassenes Lachen im Zimmer und im Hofe, wo sich die Spitzbuben hinter einem Leiterwagen versteckt hatten, der Samovar wurde aufgesetzt, die Tarokkarten kamen zu Ehren, und wir unterhielten uns auf das beste bis nach Mitternacht.

Manwed kam an dem folgenden Abend zu Bardoßoski mit dem festen Vorsatze, sich mit Aniela auszusöhnen. Sein traumhaftes an geistige Verwirrung grenzendes Wesen schien vollkommen gewichen, alles an ihm verrieth Ernst, Entschiedenheit und Reue. Er zögerte nicht lange mit seiner Erklärung. Als Aniela bleich, mit halb geschlossenen Augen hereintrat, ging er auf sie zu und verneigte sich tief.

»Mein Fräulein«, begann er in einem schlichten Tone, der zum Herzen sprach, »ich habe Sie durch ein ebenso rätselhaftes als von Ihrer Seite in keiner Weise verdientes Betragen gekränkt, ich bin mir meiner Schuld vollkommen bewußt und bitte Sie mir zu vergeben.«

»Bravo«, rief der alte Herr und klatschte kräftig in die Hände, als gälte es einem Liebhaber auf der Bühne bei einer gelungenen Scene Beifall zu spenden.

Aniela wollte etwas erwidern aber brachte es nur zu einer lautlosen Bewegung der blassen Lippen.

»Gieb ihm die Hand«, sagte die Mutter.

Das arme Mädchen streckte gleich beide Hände aus und Manwed ergriff sie mit aller Begeisterung eines Verliebten ja er machte eine Bewegung als wollte er seine Braut küssen, in demselben Augenblick wurde er aber bleich und starr wie ein Todter, sein Blick blieb entsetzt an der leeren Luft haften, und endlich wankte er nach rückwärts und schrie auf:

»Was willst Du? Weshalb drohst Du mir?«

»Was haben Sie?« fragte Aniela erschreckt.

»Dort steht sie«, fuhr er fort, »zwischen mir und Ihnen, die todte steinerne Frau, sie hat meinen Ring am Finger und mahnt mich. Und jetzt schwebt sie zur Thür hinaus, dort, dort, und sie winkt mir.«

Zu rechter Zeit stand wieder Maurizi in einem weißen Mantel wie der Gouverneur in Don Juan da. Ein Angstschrei durchzitterte das Zimmer, Aniela schlug die Hände vor das Gesicht und Manwed sank auf einen Sessel.

»Ich bin sehr erschrocken«, begann Maurizi, am ganzen Leibe bebend.

»Können Sie denn nicht eintreten wie ein anderer Mensch«, grollte der alte Herr.

»Sie sind krank«, sagte der Adjunkt zu Manwed, »vielleicht ist ein Nervenfieber in Anzug. Suchen Sie zu schwitzen. Legen Sie sich in das Bett und nehmen Sie Hollunderthee.«

»Ich fange an mich vor ihm zu fürchten«, murmelte Aniela.

Manwed blickte mit verglasten Augen um sich, erhob sich, strich mit der Hand über die Stirne und verließ das Zimmer. Eine Woche verging, ohne daß man ihn zu Gesichte bekam. Herr Bardoßoski fuhr zu ihm, aber traf ihn nicht zu Hause. Mir erging es nicht besser, aber er erwiderte noch an demselben Abende meinen Besuch. Wie einer, der eben sein Grab verlassen hat, verzerrten Gesichtes, bleich, schlotternd kam er herein, bot mir die Hand und saß mehr als eine Stunde bei mir ohne zu sprechen, ja ohne zu hören was ich ihm sagte.

»Komm«, rief er plötzlich, »ich muß an die Luft, begleite mich.«

Ich ließ zwei Pferde satteln und wir ritten in leichtem Galopp auf der Landstraße durch beschneite Felder und zwischen weiß vermummten Bäumen seinem Gute zu. Mit einem Male hielt er seinen Braunen an und deutete vor sich hin. »Siehst Du«, flüsterte er mit trockener Stimme wie ein Fieberkranker; »siehst Du sie?«

»Ich sehe Niemand.«

»Dort, *die weiße Frau*, die auf schwarzem Pferde dahin sprengt.«

Es war jene Zeit der Dämmerung, welche düsterer ist als die vollkommene Nacht, ich strengte meine Augen an, ohne etwas entdecken zu können. Er gab sich endlich zufrieden. Wir kamen in seinem Hofe an, stiegen ab und saßen dann in seinem kleinen behaglichen Rauchzimmer bei dem großen Kamin, dessen starkes rothes Feuer zugleich für Beleuchtung sorgte. Der alte Bediente füllte den Samowar mit glühenden Kohlen. Keiner von uns beiden hatte Lust zu sprechen. Unter dem Divan stöhnte der gelbe Jagdhund auf, er schien zu träumen, die massive Uhr, deren geschnitztes Holzgehäuse sich wie ein Thurm von der Diele fast bis zum Plafond erhob, hielt ihren eintönig ernsten Sermon. Eine Motte hatte sich aus der schadhaften Polsterung des Lehnstuhles erhoben in dem ich saß und umkreiste lautlos den Samowar.

»Was war das?« fragte plötzlich Manwed.

»Ich habe nichts gehört.«

»Aber jetzt —«

In der That klopfte es leise an die Fensterscheiben, welche von Eisblumen, die großen Brüsseler Spitzen glichen, verdeckt waren.

»Nun, siehst Du auch diesmal nichts?« fragte Manwed lächelnd. Er stand auf und näherte sich dem Fenster. Ich blickte lange hin und sah endlich in der That vom Monde beleuchtet eine weiße Frau vor demselben stehen, welche mit meinem Freunde Zeichen des Einverständnisses wechselte. Zuletzt nickte sie mit dem Kopfe und zog sich zurück.

»Was soll das bedeuten«, fragte ich, »bin auch ich verrückt, oder leiden wir beide an Augentäuschungen?«

Manwed zuckte die Achseln.

»Ich bin, wie Du mich da siehst, bereits ganz in den Krallen des Satans«, flüsterte er, »es ist das eine Geschichte, die gewiß nicht alle Tage vorkommt und deshalb möchte ich sie Dir gerne erzählen, aber Du mußt nicht glauben, daß ich wahnsinnig bin, und noch weniger, daß ich Dir ein Märchen erzähle. Mir ist eben nicht spaßhaft zu Muthe. Arme Aniela!«

Wir nahmen Thee, er zündete mir eine Pfeife an, fing die Motte, die um den Samowar streifte und warf sie in das rothe Feuer des Kamins, das sie im Augenblick verzehrt hatte. Dann begann er.

»Es war eine schöne geisterhafte Vollmondnacht, als ich zum dritten Male nach dem Schlosse Tartakow ritt. Ich wollte meinen Ring wieder haben um jeden Preis. Der alte verwitterte Mann erwartete mich diesmal im Thorweg, nickte freundlich, nahm mein Pferd und lud mich ein, etwas zu mir zu nehmen.

Ich trank ein Glas alten Burgunders, der meine Adern wie Feuer durchströmte, das war Alles. Mein Kopf war hell, mein Herz pochte nicht im Mindesten. Ich war entschlossen und ohne Furcht. Als es Mitternacht schlug, öffnete mir der Alte die Thüre des großen Saales und schloß sie wieder hinter mir. Ich achtete nicht darauf, sondern stieg rasch die Treppe empor und faßte die Hand der marmornen Schönen in der Absicht, ihr meinen Ring zu nehmen, aber sie zog den Finger an sich, und ich strengte mich vergeblich an, ihr denselben zu entreißen.

»Es war ein unheimlicher Kampf mit der kalten steinernen Todten im fahlen Mondlicht und der tiefen Stille, welche herrschte. Ich ließ endlich die Arme sinken und schöpfte Athem, da hob auch ihre herrliche Brust ein Seufzer, und ihre weißen Augen blickten mich mit einem überirdischen Schmerze an, der mich beschämte, der mir die Besinnung raubte. Ohne zu bedenken was ich that, schlang ich die Arme um ihren kalten schönen Leib und preßte meine heißen Lippen auf ihre eisigstarren.

»Es war ein Kuß ohne Ende, nicht wie wenn zwei Seelen ineinander fließen, sondern wie wenn eine dämonische Gewalt langsam mir das Blut aus dem Leben saugen würde.

Mich faßte eine namenlose Angst, aber ich war nicht fähig mich von den todten Lippen loszumachen, schon wurden sie warm von den meinen, schon hob ein sanfter Athem die elfenweiße Brust, und mit einem Male schlangen sich die Marmorarme um meinen Nacken wie eine schwere Kette, die süße Last drückte mich nieder auf die Kniee und zugleich brach ein reizendes Lächeln wie ein Mondstrahl aus den weißen Augen. Die uralte, bei verschiedenen Völkern in mannigfachen Variationen wiederkehrende Sage, welche hier als Grundaccord hervorklingt, tritt uns zum ersten Male plastisch in der hellenischen Welt entgegen. Pygmalion, König von Cypern, haßte anfangs alle Weiber, als er aber einst eine schöne Bildsäule von einem Mädchen aus Elfenbein gemacht hatte, verliebte er sich in dieselbe und flehte Venus an, sie zu beleben. Seine Bitte wurde erhört und er nahm sie zu seiner Gattin. Ovid Met. X. 243. Philostrat d. vit. Apollon. II. c. 5. machte ihn zu einem Bildhauer. Die italienische Sage läßt einen vornehmen Jüngling aus Verona beim Ballspiel den Brautring, der ihn hindert, einem Venusbild an den Finger stecken. Als er ihn später zurücknehmen will, schließt das Marmorbild die Hand und in der Brautnacht tritt es drohend zwischen ihn und seine junge Gattin. Nun sucht er einen Nekromanten auf und dieser sendet ihn mit einem Schreiben, das mit sieben Siegeln verschlossen ist, zur Mitternachtsstunde nach der Insel Sirmione im Garda-See. Frau Venus erscheint mit ihrem geisterhaften Gefolge, er überreicht ihr das Schreiben, sie bricht in Thränen aus, ist aber gezwungen, den Ring zurückzugeben und den Zauber zu lösen. In der slavischen Welt hat die Sage einen dämonischen Charakter angenommen. Das Venusbild wird zum Vampyr, dem der Jüngling sich durch den Brautring vermählt hat, und erscheint Nacht für Nacht bei ihm. In demselben Maße, wie sich das Marmorweib belebt, schwindet das Leben des Unglücklichen, dessen Seele dem schönen Gespenste verfallen ist. Die ganze Gestalt begann sich sanft zu regen, wie Bäume sich im Frühlingswind strecken und aufathmen, nachdem der starre Schlaf gewichen, die Füße versuchten sich im Schritt, und langsam, wie zu Tod ermattet, trat sie vom Piedestal herab. Von ihrer Schönheit hingerissen, umschlang ich die Halberwachte und küßte sie von Neuem mit aller Gluth des Lebens und der Jugend, die durch meine Pulse flog. Sie gab mit müden Lippen den Kuß zurück wie im Schlafe, dehnte in olympischer Trägheit die blühenden Glieder, und schwebte langsam wie eine Nachtwandelnde einer Thüre zu, die ich bisher nicht bemerkt hatte, indem sie mir mit der Hand zu folgen winkte.

Die Thüre schien von selbst aufzuspringen und wir betraten ein Gemach mit getäfeltem Plafond, uralten Tapeten, seltsam geformten Möbeln mit vergoldeten Lehnen und Füßen, dessen Boden mit einem persischen Teppich bedeckt war.

In der Nähe des Kamins stand ein Ruhebett aus blutrothem Seidenpolster, wie man es in türkischen Harems findet, vor demselben war ein Löwenfell ausgebreitet. In der schweren Luft war ein Geruch von Moder und von Spezereien wie in einer Gruft. Kein Licht brannte in den großen Armleuchtern, die vor dem Spiegel standen, aber draußen an dem dunklen Himmel hing der Mond wie eine silberne Ampel und erhellte den kleinen Raum vollständig. Das schöne Weib streckte sich auf dem Ruhebette aus und winkte mich zu sich. Ich lag vor ihr auf meinen Knieen und hauchte ihre Füße an und küßte sie, und küßte ihre Hände, ihren Nacken, ihre Schultern, bis sie mich mit verschämter Anmuth an sich zog und von Neuem an meinen Lippen hing. Es ist unbeschreiblich, was ich empfand, als ich sie an meiner Brust erwarmen fühlte, der Strom des Lebens durchzuckte sie von Zeit zu Zeit electrisch vom Wirbel bis zur Sohle, und wie wurde mir erst, als sie die Augenlider ganz wenig öffnete und mich von der Seite anblinzelte, als ihre Lippen sich bewegten und sie zu sprechen begann mit einer Stimme die so seltsam war, so weich, während ihr großer Blick mit einem Male gleich einer Schneeflocke auf mein Herz fiel. Und merkwürdiger Weise sprach sie französisch.

»Mich friert«, begann sie, »mache doch Feuer im Kamin.« Ich gehorchte und bald loderte es hell aus dem trockenen Holz empor, und gab ein wunderbares Flammenspiel in dem Gemach, auf den verblaßten Figuren, den alten Tapeten, auf dem Gelb der Möbel und dem rührend schönen Leibe der weißen Frau, die in den rothen Seidenpolstern hingegossen lag, vom üppigen Lockengeringel umspielt. Der Mond flocht weiße Rosen in die blutrothen des Feuers und bekränzte das stumme Götterbild. Der Wind sang im Schornstein, der Schnee pochte mit weißem Finger an die Fensterscheiben, der Holzwurm klopfte oben im Getäfel und unter der Diele nagte ein Mäuschen. Und wir küßten uns.

Meine Gluth, meine Raserei erwärmte und löste vollends ihre starren weißen göttlichen Glieder, welche wie Feuer brannten oder wie grimmiger Winterfrost, sie athmete schwer, ihre Lippen zuckten in dem sinnverwirrenden Stammeln holder Leidenschaft auf, und versengten mich mit ihren eisigen Küssen. Ich empfand die Qualen des Scheiterhaufens und fühlte die Marter des Erfrierenden, bald war es als leckten wilde Flammen zu mir empor, bald schien sich das eisige Leichentuch des Schnees über mich zu breiten.

»Gieb mir zu trinken«, sagte sie plötzlich.

»Was befiehlst Du?« fragte ich.

»Wein«, gab sie zur Antwort. Zugleich deutete sie auf einen Glockenzug in der Nähe der Thüre.

Ich zog die Glocke. Ihr Ton durchzitterte schauerlich das weite öde Gebäude, nicht lange und eine Stimme, die aus dem Grabe zu kommen schien, fragte nach unseren Befehlen.

»Wein, Alter!« sagte ich.

Wieder nach einer Weile pochte es an der Thüre, und als ich hinaustrat stand der Castellan mit einer Flasche da, auf der noch der Staub des Kellers lag, und zugleich zitterte in seiner Hand ein silbernes Brett, auf dem zwei Glaspokale leise aneinander klangen.

Ich schenkte einen derselben voll, mit gluthrothem Burgunder Wein und reichte ihn ihr. Sie setzte ihn an und schlürfte das Blut der Reben eben so gierig, wie meine Küsse, und als ich das Glas auf ihren Wink zurückgestellt hatte, legte sie den Arm um meinen Nacken und saugte sich fest an meinen Lippen. Eine wundersame Mattigkeit kam über mich, sie schien mir Athem, Leben und Seele zu nehmen, ich meinte zu sterben, der Gedanke in den blutgierigen Händen eines weiblichen Vampyrs zu sein, flog wie ein Schatten über mich, aber es war zu spät, ich hatte mich in ihren Locken verwickelt, meine Hände wühlten in ihrem dämonischen Haare und ich verlor das Bewußtsein.

Als ich zu mir kam sah ich mit namenlosem Erstaunen, daß ich weder in den Armen eines Vampyrs, noch in den Armen einer Statue oder eines todten Dämons lag. Ein lebendiges schönes Weib mit großen blühenden Formen, deren plastischer Marmor von warmem Blut durchglüht war, sah neugierig auf mich herab mit feuchten dämonenhaften Augen. Das fein geschnittene Oval ihres bleichen Gesichtes leuchtete von keuscher Holdseligkeit, ihr fabelhaftes Haar, zugleich feuriges Gold und weiche Seide, erglänzte um sie wie eine Gloriole, wie die Flammenruthe eines Kometen. Eine Atmosphäre voll Duft umgab sie. Sie hatte keinen Schmuck an sich, nicht einmal einen schlichten Reif, wie er die Arme der gemeißelten Göttinnen ziert, dafür glänzten ihre Zähne wie zwei Perlenreihen in dem Rubinenmund und ihre Augen warfen gleich kostbaren Smaragden ein grünes Licht.

»Bin ich schön?« fragte sie endlich mit ihrer matten, röchelnden Stimme.

Ich konnte nicht sprechen. Der verschwommene sonderbare Glanz ihrer lauernden Augen benahm mir den Athem. Ihr verlangender Blick ergriff mein Herz mit Pantherkrallen, ich fühlte mein Blut rieseln wie ein zu Tode Verwundeter, vorübergehend flackerte in ihren Augen ein drohendes Feuer auf, dann senkte es sich über dasselbe wie der geheimnißvolle Schleier, den der Mond über die Landschaft breitet.

»Bin ich schön?« fragte sie noch einmal.

»Ich habe ein Weib, wie Du es bist, noch nie gesehen«, gab ich zur Antwort.

»Gib mir einen Spiegel«, sagte sie hierauf. Ich hob den schweren Spiegel von der Wand und stellte ihn vor sie hin, so daß sie ihre ganze liebreizende Gestalt betrachten konnte. Sie that es mit lächelndem Entzücken und begann dann ihr goldrothes Haar mit dem Elfenbeinkamm ihrer Finger zu kämmen und zu ordnen. Endlich schien sie von ihrer Schönheit gesättigt und hieß mich den Spiegel an seine Stelle setzen. Als ich nun wieder andächtig vor ihren Füßen lag und in ihr Antlitz schaute, murmelte sie: »Ich sehe mich in Deinem Auge«, und ihre Lippen berührten schmeichelnd meine Lider.

»Komm«, gebot sie dann, »laß uns das grausam süße Spiel der Liebe erneuern.« –

»Ich fürchte mich vor Dir und Deinem rothen Munde«, erwiderte ich zögernd. Sie lachte. Es war ein verlockendes Lachen voll holder Üppigkeit.

»O! Du entfliehst mir nicht«, rief sie, und schon hatte sie mich mit einer ungestümen Bewegung in ihrem Haar gefangen, dann drehte sie einen Theil desselben rasch zu einer Schlinge, legte sie um meinen Hals und zog sie langsam zusammen. –

»Wenn ich Dich jetzt erwürgen würde«, sagte sie, »und zugleich ersticken mit meinen Küssen, wie es die Russalka mit ihren Opfern macht?«

»Es wär ein süßer Tod.«

»Glaubst Du? aber ich lasse Dich leben zu meiner Freude und Deiner Qual.«

Sie neigte sich zu mir, nah und näher, ihr Hauch durchrieselte mich wie Gluth der Hölle. Ich folgte mit meinen Lippen den zarten blauen Adern, die allerorten durch den Alabaster ihrer Haut schimmerten, und barg dann mein heißes Antlitz an ihrer Brust, die so weich ist wie schwellender Sammt und zart wie flockiger Schnee. Ich ließ mich von ihrem sanften Athem wie von einer Welle heben, und sie spielte mit mir wie mit einer Puppe. Sie deckte mir die Augen mit der Hand zu, sie unterhielt sich mit meinen Ohren, um mir dann die Finger auf die Lippen zu legen und endlich in den Mund, als wollte sie mich ihn kosten lassen, und wirklich er war glühend und süß wie Sorbet. Im nächsten Augenblicke wand sie meine Locken um ihre Hand und wühlte endlich mit beiden in meinem Haare, so zärtlich und dabei doch mit einer Art Zorn, und riß mich mit der Wuth einer Bacchantin an sich, an ihre Lippen, die zu dürsten schienen in trockener Fiebergluth.

Die Welle, die mich weich umspielt hatte, wurde zur Woge, die mich bedrohte, mit der ich gleich einem Schiffbrüchigen rang, und als das zaubermächtige Weib mich plötzlich auf das Ohr küßte, da begann es mir in demselben zu singen, zu klingen, zu sausen, wie einem Ertrinkenden, und umwunden von ihren feuersprühenden Flechten meinte ich in einem Ocean von kochender Lava zu schwimmen, der mich endlich verschlang, in dem Taumel übermenschlicher Liebeswonne. In ihren teuflischen Küssen ward mir die ganze Mystik der Leidenschaft mit einem Male offenbar, Lust und Bangen, Genuß und Marter, Seufzer, Lachen und Weinen, bis ich im Taumel wieder mit dem Antlitz zur Erde sank.

»Bist Du todt?« fragte sie nach einer Weile und als ich mich nicht regte, trat sie mir mit dem kleinen nackten Fuß leise in das Gesicht, im nächsten Augenblick streckte sie sich, muthwillig lachend auf meinem Rücken aus, wie eine Thierbändigerin auf dem Löwen, den sie zahm und gehorsam gemacht hat.

Ich regte mich nicht, auch dann nicht, als sie sich erhob, um durch das Zimmer zu gehen.

Als ich endlich die Augen öffnete, sah ich den Mond, der leise in das Zimmer getreten war, ihre Füße küssen, dann sich langsam erhebend sie mit seinen weißen Armen umfangen, während sie ihm kokett die Lippen darbot.

Zorn und Eifersucht erfaßten mich.

»Was will der bleiche Wüstling«, rief ich, »Du bist mein!«

»Mein bist *Du*«, lachte sie, und warf sich in die Polster, daß ihr Haar wie eine Flamme aufflog und ich vom Wahnsinn der Liebe aufs Neue erfaßt, meine Lippen auf ihre Kniee, ihre wogende Brust preßte und endlich mein Haupt an ihre Schulter lehnte.

»Was ist das?« fragte ich nach einer Weile, »ich fühle kein Herz in Deiner Brust schlagen?«

»Ich habe kein Herz«, sagte sie kalt und verdrossen. Es durchschauerte ihre edeln Glieder wie ein Windstoß. »Aber Du«, fuhr sie spöttisch fort, »Dir pocht es wie toll hinter den Rippen – und – Du liebst mich auch wie ein Narr!«

»Wie ein Narr«, wiederholte ich mechanisch.

Wir ruhten lange Zeit, Schulter an Schulter, und lauschten dem Wind, dem Flattern der weißen Flocken, dem Nagen des Mäuschens in der Diele und dem Pochen des Holzwurmes im alten Getäfel.

Der volle Mond war längst nicht mehr zu sehen, nur die Sterne blinkten noch durch den weißen Schneeschleier, die erste fahle Dämmerung des Morgens breitete sich aus, als ich zum zweiten Male gleich einem Todten zur Erde niederfiel. Das schöne Weib richtete mich langsam auf, machte mich zu ihrem Schemel und ihre müde röchelnde Stimme klang wie leiser Harfenton durch das Gemach.

»Du hast mir Leben gegeben von Deinem Leben, Seele von Deiner Seele, und Blut von Deinem Blute, hast süße Lust in meiner Brust geweckt, nun sättige meine Zärtlichkeit.«

»Du tödtest mich«, seufzte ich auf.

Sie schüttelte den Kopf.

»Der Tod ist kalt«, gab sie zur Antwort, »das Leben so warm. Die Liebe tödtet, aber sie erweckt zu neuem Leben.« Sie flocht ihr Haar zusammen und schlug mich neckend damit; ihr Fuß, den sie zuerst in meine Hand gestellt hatte, ruhte jetzt auf meinem Nacken und als ich das Antlitz zur Erde liegen blieb, fuhr sie mir mit demselben sanft über den Rücken, daß es mich überrieselte, einem elektrischen Strome vergleichbar. Von neuem ergriff sie eine göttliche Wildheit, sie wendete mich rasch herüber, kniete auf meiner Brust und fesselte mir die Hände mit ihren goldenen Flechten.

»Nun gehörst Du mir und Niemand rettet Dich vor meiner Liebe«, hauchte sie mit stockendem Athem, ein wildes Licht loderte in ihren Augen auf, ihre Lippen ergriffen die meinen wie glühende Zangen, Kuß um Kuß und Wonne um Wonne, bis der erste helle goldige Strahl des Morgens vor unsere Füße fiel.

»Nun will ich ruhen«, sagte sie, »geh' und laß' Dich nicht blicken vor dem Abend.«

Ich verließ das Gemach. Mein Pferd fand ich im Hofe, das Thor stand offen, der Alte war nicht zu sehen. Ich schwang mich in den Sattel und sprengte davon. Aber ich kam wieder, als die Nacht herabsank, und Nacht für Nacht.

O! dieses Weib ist wie ein Irrgarten, wer in denselben hineingerathet, ist verzaubert, verloren, vermaledeit!«

Einige Tage nach dieser seltsamen Erzählung war Manwed verschwunden. Niemand wußte mit Bestimmtheit zu sagen, was aus ihm geworden war.

Herr Bardoßoski war überzeugt, daß ihn der Teufel geholt habe, Aniela vertraute mir an, daß ihr die marmorne Dame im Traume erschienen sei, aber in einer Krinoline und mit einem großen Chignon und ihr mit einem süffisanten Lächeln im reinsten Französisch gesagt habe: Er ist todt, ich habe ihm die Seele aus dem Leibe gesogen und kann mich nun wieder einige Zeit auf dieser schönen Erde amüsiren.

Sein Kosak versicherte, sein Herr habe Blut gespuckt und sei auf den Rath des Kreisphysikus nach »Netalien« gefahren.

Aniela weinte sich die Augen roth und – nahm einen andern. Eines Tages, als sie in starrer Niobischer Trauer in ihrem kleinen Schlafzimmer mit den blüthenweißen Vorhängen saß, stand plötzlich Herr Maurizi Konopka vor ihr und sie erschrak diesmal unerklärlicher Weise nicht im mindesten. Er stammelte etwas, was ein Heirathsantrag sein sollte und von einem lyrischen Gedichte kaum zu unterscheiden war, und vier Wochen später standen sie vor dem Altar. Es gab eine sehr lustige Hochzeit, ich habe selbst auf derselben getanzt.

Nach Jahren, es war in Paris, in der großen Oper, sah ich meinen Freund Manwed unerwartet wieder. Man gab Robert den Teufel. Ich hatte das Haus verlassen, während noch Bertram und Alice um seine Seele kämpften. Von einem Diener in blauer Kosakentracht herbeigerufen, fuhr ein Coupée vor mit zwei wilden Rappen bespannt, unter deren Hufen Funken hervorstiebten. Ich blieb stehen und sah ein vornehmes Paar an mir vorüber kommen.

Es war Manwed, der eine Dame am Arme führte.

Er war schwarz gekleidet, fahl wie ein Todter, tiefe Schatten lagerten unter seinen düster glühenden Augen, sein Haar hing in die Stirne herab. Die Dame war von majestätischem Wuchse,
ich sah nur ihr edles schönes Profil und sah, daß sie sehr bleich war, um ihren Marmorhals
spielten goldrothe Locken. Sie war in einen kostbaren Shawl gewickelt, schien aber trotzdem
sehr zu frieren.

Manwed's Blick streifte mich wie etwa eine Säule oder eine todte Wand. Er erkannte mich
nicht.

Zu rechter Zeit kam ein Pariser Freund, ein Maler, der alle schönen Frauen kennt.

»Wer ist sie?« fragte ich leise.

»Eine polnische Fürstin Tartakowska«, lautete die Antwort.

Im Auslande sind unsere Damen alle Fürstinnen, besonders wenn sie reich und schön sind.
Nun weiß ich aber in der That nicht, ob mein Freund Manwed damals wahnsinnig war, ob er
uns Alle zum Besten gehabt hat, oder doch etwas Wahres an der Geschichte ist?

www.ingramcontent.com/pod-product-compliance
Lightning Source LLC
LaVergne TN
LVHW020913200726
843506LV00011B/1708